抉擇叢書

海底異獸

雅倫・夏普 著

新雅文化事業有限公司
www.sunya.com.hk

海底異獣

請先讀這頁

　　這個故事跟你過去看過的可能大不相同，因為故事的發展全由你來決定。這就像親身經歷一次冒險一樣，故事中發生的一切就發生在你身上。你得選擇下一步該怎樣做，結局也跟現實生活一樣，不可能總是愉快的，那就全靠你自己了。

　　故事中有很多險境，閱讀時你彷彿置身其中，你有很多機會決定之後怎麼辦。

　　你正在外赫布里底群島的一個小島上度假，碰巧有一顆新彗星接近地球。美國試圖從彗星拖着的尾巴取得氣體，結果出了差錯。這可能導致世界末日！極其恐怖的怪事開始發生，有些可怕的不明怪物，從海上入侵你身處的那個小島。如果你想脫離險境，唯有按照右頁的指示去做。

怎樣讀這本書

每一章都有一個白色號碼，你用手指翻動一下書邊，就會找到這些號碼。

請從白色號碼 **1** 的那頁開始閱讀，當你讀到這一章的末尾時，它會告訴你接着應該讀哪一章。故事中會有多次需要你自己做決定，選出下一步怎樣做。當你一直往下讀，便會看到那些不同的抉擇是什麼。你需要選好如何行動，然後按照你那個決定後面的號碼翻到那一章。

例如：港口共有兩條小船，我知道哈斯韋爾夫婦不會走，我該跟他們一起留下嗎？ **33** 還是乘小船離開呢？ **35**

如果你決定留下來，便翻到第33章；如果你打算乘小船，便翻到第35章。

你必須消滅從海上來的怪物，才算成功完成這次冒險。如果不幸喪生了，你還可以再試一次。故事共有3個結局，請好好選擇你的未來。

現在，請翻到第 1 章。

瓦赫拉島是外赫布里底羣島最西面的一個小島，位於劉易斯島胡欣尼什岬的正西面約八十公里，是海鳥、灰海豹、幾隻羊和一小撮人的家鄉。

這小島寬約兩公里，長約三公里，四周是山崖和深水灣。在斯特拉貝格小海港一帶，曾是個十分興旺的漁村。那時興建的村舍、教堂、小店、酒館直到今天還在，但大多已經人去樓空，有些連屋頂或者窗戶都沒有了。

瓦赫拉島現在是政府的物業，但除了在塔貝特岬的氣象站外，全都租借給一位名叫尼克·哈斯韋爾的美國退休工業家。尼克喜歡自稱「斯特拉貝格酒吧的主人」。斯特拉貝格酒吧與任何一家普通的小酒吧沒有分別，在那裏可以喝酒，可以閒坐。他的太太簡·哈斯韋爾只要用心下廚，總算是一位不錯的廚師。斯特拉貝格酒吧唯一缺少的是顧客，即使有也不多。

塔貝特岬的氣象站有三個人駐守，需要在島上連續工作三個月。著名的海洋風景畫家保羅·厄斯金在夏季時，會住進這裏的一間村舍裏。當島上其他人都離開了，有一位叫麥

克·杜格爾的老人仍然留下來。偶然還會有些經得起風浪的旅客，乘小船從胡欣尼什岬越洋到此一遊。

自從我發現這個小島是世外桃源後，就經常到這裏度假。今年夏天，島上又來了一位客人，叫莫伊拉·史蒂芬遜。她到這裏來，是為了完成一本關於大西洋海鳥的書。

每天晚上在斯特拉貝格酒吧相聚幾乎成為島上所有人的任務，當然除了要在氣象站值班的工作人員。尼克·哈斯韋爾苦中帶笑地說，在這裏經營酒吧是虧大本的，但顧客可以光臨這裏陪伴他們兩夫婦作為報答，為他們帶來樂趣。**2**

2

在島上做每一件事情，都使我感到樂趣無窮，包括散步、釣魚、航海，甚至無所事事地光坐着。我特別喜歡在晚上和大家相聚，這種聚會從不枯燥乏味。保羅·厄斯金會拉六角形手風琴。麥克·杜格爾大概是外赫布里底羣島最後幾位善説傳統民間故事的能手之一，要是灌下幾杯麥芽威士忌，他講起故事來就更有聲有色了！

我們之間的對話有一個不成文的規定，就是不要談及世界正在發生的事，畢竟大多數人都是想要逃離這個世界才到瓦赫拉島來。

可是我心知肚明，遲早是免不了要談起的。這天，莫伊拉·史蒂芬遜就提到了彗星，也許是因為她初來報到的緣故。盧別爾契夫彗星每一千年接近地球一次，它沒有著名的哈雷彗星那麼大，但離地球近得多。美國決定發射一個太空探測器，試圖從彗星發光的尾巴收集一些氣體來研究。

我們在島上逗留了至少一星期，大家都見過那顆彗星，它光亮得很。最近幾個晚上，抬頭望向西邊的天空就可以看到。莫伊拉·史蒂芬遜很想知道太空探測器什麼時間抵達那

顆彗星，不過我們沒有報紙，沒有電視，連無線電收音機也常常接收不到廣播，幾乎與外界全無接觸。氣象站的三位工作人員基思・貝利、傑克・漢利和特雷弗爾・哈格里夫斯可能會知道，不用值班的那兩位今晚早該到了，但他們遲遲不來，這是少有的。

　　過了一小時，哈格里夫斯獨個兒來了，一副憂心忡忡的樣子。

　　「太空探測器出了差錯，但我們也許用不着擔心。」他說，「兩小時前，美國太空總署宣布它失去控制，錯過了彗星的尾巴，還一頭撞上彗星。」

　　「這表示什麼？」尼克・哈斯韋爾問道。

　　哈格里夫斯回答：「現在也只是猜測，可能根本不會發生什麼，但也有機會引發世界末日！」**3**

大家靜默了幾秒鐘，第一個開口的是保羅‧厄斯金。

「既然我們難得遇上——我是説世界末日——誰能告訴我們會發生什麼事情，在什麼時候發生嗎？我們是不是還來得及喝最後一杯酒？世界即將到末日了，我們又該怎麼辦呢？」

「專家看法不一。」哈格里夫斯説，「探測器的體積不足以撞毀那顆彗星，但也許會改變它的方向，使它撞擊地球，或是在距離地球很接近的地方掠過，引起強烈風暴、地震和火山爆發。不用等到明早，我們就能知道後果了。」

簡‧哈斯韋爾扭開櫃枱上的收音機，但除了嘶嘶聲和噼啪聲，什麼聲音都沒有。哈格里夫斯説他離開氣象站時，那裏的收音機接收情況也一樣糟。如果有新消息，會有人來通知的。

莫伊拉‧史蒂芬遜建議我們做些準備。

「假如發生的只是風暴和地震，人們還可生存下來。」她説。

哈格里夫斯同意她説的話，還指出氣象站是鋼架建築，

海底異獸

築在堅固的花崗石上，又位處這個島的最高點。只要大家不嫌擠，應該可以容納島上所有人。尼克‧哈斯韋爾表示要留在原地，不管誰都可以跟他一起待在這裏。

如果有人以為麥克‧杜格爾只要有數之不盡的麥芽威士忌，他就會變得漫不經心，那就大錯特錯。他說：「我正想回家看看我的狗，老貝西不喜歡風暴。我老了，途經舊教堂時也許要停下來歇一歇。」他加上一句，「你們聽我說，如果我年輕點，就會選擇到海上去。在海上不用怕洪水泛濫，也不必怕地震。」

這主意倒是不錯，哈斯韋爾在海港有一艘快艇和兩條小船。

我到外面去，再也看不見那顆彗星，它被高處薄薄一片雲遮住了。我有三個選擇：到氣象站去 5 ，留在斯特拉貝格酒吧 7 ，或者到海上去 9 。

我喚醒睡在雙層單人牀上的厄斯金和莫伊拉，然後拿起夜視望遠鏡更仔細地看前面的陸地。

它像是一個島，由於後面有亮光，只能看到它的黑影。我看出島一邊的最高處有一座方形建築物，島中間有一個教堂塔尖。如果左右顛倒，這島看來就像是瓦赫拉島了。

我低頭看羅盤，它仍舊指着正東。厄斯金走到我身邊，拿起望遠鏡。

「那是瓦赫拉島！」他説。

我告訴他：「我們本應身處這個位置的四十公里遠，而且是往西航行。但羅盤的指針卻指着『東』！」

「那是羅盤錯了。」厄斯金説。

這時，莫伊拉‧史蒂芬遜走過來。她一手拿着一束鑰匙，另一手拿着一把削筆刀。她把雙手靠攏，削筆刀便從她的手掌跳到那束鑰匙去。

「所有東西都一樣都變得帶有磁性。」她説。

「沒錯。」厄斯金説，「我不知道這到底是怎麼回事，但羅盤不準了。」

他指着那個島。

「我們只是在繞圈。再過半小時，就要回到瓦赫拉島，回到我們出發的地方！」

他抬頭望天空，卻看不見星星。

「我們沒有東西可以指示航行方向，」他說，「天快黑了，星星或會繼續被雲遮掩。我認為應該返回島上去，但我贊成大家來表決。」

「我們出海就是要留在海上，在海上的什麼地方有關係嗎？」莫伊拉問。

「本來是沒有關係，」厄斯金回答，「但萬一遇到風暴，這裏便太靠近岩石和海岸了。」

莫伊拉贊成留在海上，這樣一來，我的選擇就成為決定性的一票。

厄斯金問道：「好，我們到底是留在海上 8，還是回瓦赫拉島去？ 6 」

哈斯韋爾夫婦堅持留在斯特拉貝格酒吧，但他們的快艇可以給任何人使用。這快艇總是注滿燃料，貯足食物，隨時可供使用。厄斯金決定借用這艘快艇。我們對他的決定並不感到奇怪，畢竟他曾是海軍少校，莫伊拉·史蒂芬遜也決定跟他一起去。

哈格里夫斯和我把杜格爾送回他住的村舍。氣象站在小島的南端，到那裏去要穿過兩公里的荒野。在途中，哈格里夫斯說他本來想跟厄斯金一起離開。他之所以留下來，只因為不想讓漢利單獨和貝利一起留下來。貝利戰時曾被日本人俘虜，吃了很多苦頭，至今仍然一過分緊張就會失常。最近幾天，他已經有點喜怒無常。

我們回到氣象站時，貝利看來很正常，還急不及待告訴哈格里夫斯發生了不尋常的事情：在過去一小時，氣溫升高了十度，氣壓計下降了六厘米。

貝利成為戰俘前，曾在遠東一個氣象站工作。

他說：「如果這裏是馬來亞聯合邦，而不是瓦赫拉島，我會認為將有颱風或颶風到來。」

　　氣溫持續上升，到半夜已高達華氏一百零五度，即攝氏四十度。凌晨一時左右，北方和西方的地平線開始呈粉紅色，白色、綠色和黃色的亮光射向天空。我在挪威見過北極光，但跟這些光線完全不同。哈格里夫斯和我走到氣象站外面，想看清楚一點。

　　我們出來幾分鐘後，聽到漢利對我們叫道：「外面的風怎麼樣？」

　　「這裏沒有風啊，怎麼了？」哈格里夫斯大聲地答道。

　　「風速計顯示有十級大風！」11

如果發生大風暴，待在海上的確比留在瓦赫拉島上好。莫伊拉的説法是對的，但在沒有航行儀器的船上，我不能用兩個人的性命來冒險。於是我贊成厄斯金的意見，就是回島上去。

雖然斯特拉貝格在小島的東面，但它的小港口幾乎面對正北方。我推測現在潮水高漲，正從港口急速地沖出來。若想避免沖到兩邊的海岬，必須對着港口迎面開過去。我對厄斯金説明這個想法，他十分高興，叫我試試看。我並不覺得興奮，但我同意試一試。

滿潮的時候，小島東側有一股從北向南的激流，很容易會把船遠遠帶到南邊去，進不了港口。

也許是運氣好，而不是駕駛技術好，我似乎算得很準。

我們剛好來到港口正中，天色亮得足以讓我們看到兩邊海岬的影子，接着我只要把船保持在海岬中間航行就成了。

我從來沒有在夜裏泊岸的經驗，但也心知不妙，在我們兩旁的海岬顯得異常的高。

幾秒鐘後我就明白是怎麼一回事，船擱淺了！我們離開

駕駛室，用手電筒照明，水下十幾厘米便是沙。這不妥，沙上該有三至五米水！我知道港口有一道沙堤攔住，但它從來沒有露出來，哪怕是潮水最低的時候也不例外，而現在該是漲潮的！

　　沙很結實，沒有急流。我們無計可施，只好涉水回去。終於，我們看到了斯特拉貝格酒吧的燈光。哈斯韋爾夫婦二人看見我們回去，大概會感到十分奇怪！ **14**

哈斯韋爾夫婦二人打算留下來,哈斯韋爾還表示歡迎大家使用他的快艇。

保羅‧厄斯金要借用這艘快艇,我聽了一點都不感到奇怪,畢竟他曾擔任海軍少校多年,莫伊拉‧史蒂芬遜也決定跟他走。

哈格里夫斯本來想跟他們一起走,但認為不能讓漢利單獨和貝利留下來,必須回氣象站去。貝利戰時曾被日本人俘虜,吃了很多苦頭,至今仍然一過分緊張就會失常。最近幾天,他已經有點喜怒無常。

我自願陪哈格里夫斯步行兩公里回氣象站,希望在快艇離開之前帶一點消息回來。而且到那時,我還有機會可以改變主意!

途中,我們順道把杜格爾送回他住的村舍。那一夜溫暖平靜,就像許多夏末的晚上一樣,實在很難相信即將發生不尋常的事情。當時的我根本不知道,這種事情其實已經在發生了。

來到氣象站時,我得知無線電接到冰島以西一艘輪船的

海底異獸

求救信號。報務員説那裏巨浪滔天，從未見過這樣的風暴。
但他的話還未説完，信號就中斷了。在過去一小時，氣溫升
高了十度，氣壓計下降了六厘米。

　　基思·貝利成為戰俘前，曾在遠東一個氣象站工作。

　　他説：「如果這裏是馬來亞聯合邦，而不是瓦赫拉島，
我會認為將有颱風或颶風到來。」

　　我匆匆趕回海港，厄斯金和莫伊拉已經準備好出發，正
等着我回來。我沒有什麼行李要帶，可以立即上船 **10**，
也可以留在海港目送他們出發。**12**

19

8

　　我好不容易才使快艇駛離漲潮的港口。若沿着小島東側從北向南的急流行駛，很容易會撞上南邊海灣的岩石。即使白天我也不願這樣做，夜間更不必說了。我建議轉彎，盡量減低速度，希望天快些亮起來。

　　厄斯金同意這個辦法，由於我熟悉水流，他就把轉彎的工作交給我。這艘快艇艇身較大，又有兩個大馬力的引擎，轉彎應該沒有危險。

　　我決定隨水流轉向南，避開急流的入口，但羅盤卻指着向北！舵輪的反應有點慢，而我們又需要轉一個大彎，在黑暗中很難作出判斷。我看着羅盤，它變成指向正東。

　　我叫喚厄斯金：「舵輪的反應出現問題。我向南開，船卻轉向北，直往急流裏去。」

　　厄斯金接過舵輪，但他不見得操控得比我好。現在我們離海港南邊的海岬越來越近，我看到他臉上不安的表情。

　　「有什麼主意嗎？」他問。

　　「試試調頭。」我建議。

　　「沒有用。」他回答，「快艇根本不受控制。」

不管我們如何努力，快艇已撞上小島的岩石上。

「試試開去阿德拉灣。」我説。

「你來掌舵！」他説着，讓開位置給我。

我開足馬力，快艇猛烈地左右搖晃了一下，接着好像一下子解放了一樣往前進。快艇終於受控了！我看不見阿德拉灣，只能摸索着前進。

幾分鐘後，船身擱在阿德拉灣滿是貝殼的海灘。斯特拉貝格就在前方，我們回到酒吧時，大家一定會感到奇怪！**14**

　　我擁有一條小船，也曾駕着哈斯韋爾的快艇去釣魚幾次。即使身處小島四周常見的巨浪中，我也有信心能操控自如。由於乘這快艇是唯一到外面去的方法，哈斯韋爾總是讓它注滿燃料，貯足食物，以作應急之用。

　　哈格里夫斯本來很想跟我一起走，但他覺得不能讓漢利單獨和貝利留在氣象站裏。貝利戰時曾被日本人俘虜，吃了很多苦頭，至今仍然一過分緊張就會失常。最近幾天，他已經有點喜怒無常。

　　哈斯韋爾兩夫婦打算留下來，莫伊拉·史蒂芬遜則決定跟我走。保羅·厄斯金猶豫了一會，最後也願意跟我一起離開。這使我很高興，因為他曾擔任海軍少校，一定是一位好海員。

　　我提議趁厄斯金和莫伊拉再把一些裝備搬到艇上的時

候，陪哈格里夫斯走兩公里到氣象
站去，順道聽聽最新消息。

傳來的並不是好消息，無線電收到一個
不完整的求救信號，是冰島以西一艘陷在洶湧
大海上的輪船發出。在過去一小時，氣溫升高了
十度，氣壓計下降了六厘米。看來怪事正在醞釀，因
此我匆匆趕回海港。

我們駛向胡欣尼什岬，半夜我醒來跟厄斯金換班。船
上是用自動駕駛儀操作，朝着正東方向航行。氣溫高於華氏
一百零五度，即攝氏四十度。

凌晨一時，北方和東方的天空開始呈粉紅色。白色、綠
色和黃色的光射向天際，使人眼花繚亂。我在挪威見過北極
光，卻沒有這樣壯觀。

在亮光中，我突然看見前方有陸地的黑影。我確定是陸
地而不是雲，但這是不可能的。那裏沒有陸地，不管哪一個
方向，在四十公里甚至更遠的距離內，都不會有陸地！

由於保羅·厄斯金有豐富的航海經驗，我提議由他來指揮。我擁有自己的小船，也曾駕着哈斯韋爾的快艇去釣魚幾次。如果天氣正常，相信操控它是不成問題的。但遇到颱風或颶風，情況就完全不同了。

莫伊拉·史蒂芬遜的任務是記下船上所有物資，包括食物、水、醫療用品和機器零件。由於乘這快艇是唯一到外面去的方法，哈斯韋爾總是讓它注滿燃料，貯足食物，以作應急之用。

潮水在漲，因此很難從狹窄的港口駛出去。厄斯金從未駕過這快艇出海，於是先由我把它駛出港口，好讓他漸漸熟習起來。

一出了港口，厄斯金便接過舵輪。我們安排好，假如一切正常，半夜就會由我接班。

　　用「正常」這個字眼可能並不
合適，風依然很輕微，但當我離開船艙去
瞭望時，溫度計顯示的氣溫已高於華氏一百
零五度，即攝氏四十度。

　　厄斯金沒有太多事情需要做，快艇由自動駕
駛儀操作，方向正東。按照這個方向，我們將會抵達
劉易斯島的胡欣尼什岬。我們能否成功到達那裏去，端看
接下來兩三個小時的情況如何。

　　凌晨一時，北方和東方的天空開始呈粉紅色。白色、綠
色和黃色的光射向天際，使人眼花繚亂。我在挪威見過北極
光，卻沒有這樣壯觀。

　　在亮光中，我突然看見前方有陸地的黑影。我確定是陸
地而不是雲，但這是不可能的。那裏沒有陸地，不管哪一個
方向，在四十公里甚至更遠的距離內，都不會有陸地！

我們抬頭看看氣象站頂風速計的杯狀風向標,它竟在凝靜的空氣中發瘋似的旋轉!

我掏出手帕擦擦臉上的汗,不小心拉出一束鑰匙。鑰匙沒有落到地上,反而噹啷一聲跳到金屬門框上。所有鐵和鋼似乎都帶有磁力,我們顯然處於反常的磁力干擾之中。

接下來的兩小時沒有發生什麼事情,只是感到越來越悶熱,越來越難受。漢利喝了很多啤酒,哈格里夫斯脾氣變得暴躁,貝利則一聲不響地坐着,凝視着前方。

沒想到貝利突然從座位上跳起來,發出像被扼住喉嚨似的尖叫,向我們轉過身來,雙眼露出狂野的目光。

漢利胡裏胡塗,完全不知道出了什麼事。我距離貝利最近,便馬上起來走過去,希望可以使他安靜下來,哈格里夫斯卻一把抓住我的手臂。

「把他交給我。」他説,「我曾經對付過他。」

他慢慢走到貝利站着的地方,還來不及開口説話,貝利已狠狠地一拳打在他的下巴上。哈格里夫斯昏倒在地,全身冰冷。

　　貝利開始向我走來，他早已六十出頭，但剛才看到他怎樣打倒體重不輕的哈格里夫斯，我只好往後退。

　　貝利開始狂叫。

　　「受不了啦！」他用沙啞的聲音喊道，「膽敢在我面前當英雄，我非出去不可！不要攔阻我，不然我也同樣對付你。」

　　他走到門口停下來，從牆上摘下某些東西，但我看不見那是什麼。他打開門，走出去了。我不知道該跟着他 13 ，還是去看看哈格里夫斯。 15

我一直站在港口看着快艇的燈光，直至它駛出了港口，才回到斯特拉貝格酒吧。

杜格爾回了村舍，哈格里夫斯也返回氣象站。酒吧裏只剩下我和哈斯韋爾夫婦，我們誰都不想睡覺。酒吧裏的溫度高於華氏一百零五度，即攝氏四十度，而且看來還在上升。外面沒有風，並不比裏面涼快。

凌晨一時，簡·哈斯韋爾從廚房走出來，說天空的北方和西方有一大片粉紅色亮光。我們於是出去看看，看到白色、綠色和黃色的光線射向天際。

「那是北極光吧。」哈斯韋爾說，「我在阿拉斯加見過，但比不上這個。」

我到挪威滑雪時也見過這種奇異的北極光，但肯定沒有這樣壯觀。我們站在那裏看了幾分鐘，哈斯韋爾突然說他想吃點東西。

哈斯韋爾和我回到酒吧裏，簡·哈斯韋爾則去廚房準備食物。幾分鐘後，她端來一大盤冷肉三明治。這些三明治沒有烤過，卻有點熱，不算很好吃。簡·哈斯韋爾在櫃枱前扔

出一把刀和一支叉，但它們沒有散開，反而像被什麼黏在一起似的。我掏出一把削筆刀，移近櫃枱上的小鐵桶。削筆刀從我手中跳出來，一頭黏到桶上去。所有金屬一下子變得帶有很強的磁力！

　　我們還在議論究竟是怎麼一回事，這時酒吧的門打開，保羅‧厄斯金和莫伊拉‧史蒂芬遜走了進來。

　　原來厄斯金讓快艇以自動駕駛儀操縱，目的地是胡欣尼什岬，結果快艇卻把他們帶回瓦赫拉島。羅盤失靈了！怪事還不只這一件，本應高漲的潮水現在竟低得使快艇擱淺了。

　　看來沒有一個人能離開瓦赫拉島！ 14

29

漢利快要清醒過來,哈格里夫斯只不過挨了一拳,相信很快復原。我跑到外面,但比我早出來幾秒的貝利已不知所蹤。我轉過臉朝懸崖那邊看,忽然有人碰碰我的手臂。

我轉過身向面前的人影撲去,人影發出一聲尖叫,那肯定不是貝利的聲音,原來是莫伊拉‧史蒂芬遜!

我扶穩了她,又連忙道歉,竭力解釋我這種異常的舉動。莫伊拉沒有受傷,只是有點驚訝。接着她解釋快艇離開瓦赫拉島不到兩小時,羅盤和自動駕駛儀就失靈,把他們帶回瓦赫拉島來。他們本想回到海港裏,但水太淺,快艇在沙灘上擱淺了。厄斯金在斯特拉貝格酒吧裏,跟哈斯韋爾夫婦在一起。她因為太熱睡不着,決走到氣象站來看看。

我不知道貝利的行蹤,但我聽到有岩石滑下懸崖,這聲音大概是從西邊傳來的。我請莫伊拉去看看哈格里夫斯要不要幫忙,便獨自去找貝利。

懸崖不太陡,不過岩石很鬆散,走錯一步隨時掉下去。這可能會跌斷腿,甚或更糟糕。我沿着懸崖走了一段路,突然看見貝利繞過海岬消失不見。這時,天空中的粉紅色亮

光開始暗淡下來。我朝海上一看，一道牆似的白霧向岸邊湧來。我認為繼續走並不安全，可是為時已晚——周圍已是一片茫茫白霧。

現在唯一安全的做法，就是在這裏待到迷霧散開或是早晨來臨。我不喜歡這樣做，但別無他法。

兩小時後早晨來臨，迷霧並沒有散去。霧中傳來一大羣鳥的叫聲，牠們似乎在島上盤旋。我心中思考現在是否適宜行動，忽然大地微震，頭頂上沙沙落下一陣毛毛雨似的小石塊。既然震了一次，必然會有第二次，接下來的石頭就未必是細小的了！我馬上動身離開，忽然響起海豹的叫聲，這說明我現在身處海豹聚居地。**20**

　　我們在斯特拉貝格酒吧過了這一夜，沒有什麼事情發生。天氣好像涼了一點，即使坐在酒吧外面的椅子上也可以好好打一個盹。

　　我張開眼睛，看到天已亮了，早晨終於再次來臨。我走到窗前往外看，只見一片茫茫白霧，什麼都看不到。有時霧會在夜間從海上滾滾而來，但等到早晨温暖的陽光一照便散開。

　　我環視酒吧四周，哈斯韋爾夫婦和厄斯金還在睡。莫伊拉已經醒過來，坐在椅子上，我對她説了聲「早安」。

　　我想看看收音機有沒有反應，但這樣做會吵醒其他人。氣象站大概有人通宵值班，我只要上那裏去問問便可知道最新消息。莫伊拉説要跟我一起去。

　　外面還很熱，但比昨夜涼得多。現在能見度大約是九米，到氣象站就只有一條路，只要霧不再大起來，沿着那條路走就行了。

　　我們沿着海灣的路小心地走，這時我聽到一種奇怪的聲音。起初我以為是風在荒廢了的舊屋裏呼嘯，但沒有風。

莫伊拉也聽到了，於是我們停下來。聲音原來是從海上而來的，越來越響。

「是鳥！」她忽然説，「一定是有幾百隻，甚至幾千隻。牠們在往北飛！」

「到了牠們遷徙的時候了嗎？」我問道。

「還早了點，但跟遷徙沒有關係。」她回答，「牠們在向相反的方向飛行，該往南飛而不是向北！」

由於大霧，我們什麼都看不見。但我能聽出那是北極燕鷗和灰雁的叫聲，聲音震耳欲聾。

當我們經過麥克·杜格爾的村舍時，我考慮要不要到他家看看 18，或者從氣象站回來時再去看他。 16

　　幸好我留下來，漢利喝得酩酊大醉，一點用處都沒有。我向哈格里夫斯身邊走去，原來他跌下來時撞到了金屬桌，頭部受傷了。

　　我費力地把他拖到隔壁臥室，讓他躺在牀上。我從急救箱找來藥物清洗傷口，再替他包紮好，盡量使他舒服一點。他的呼吸沉重，但很平穩，只是仍然昏迷。現在除了等他自己醒過來，別無他法。

　　十分鐘後，哈格里夫斯醒來了。他說想嘔吐，又覺得頭痛。我猜這是輕度腦震盪的緣故，所以堅持不讓他動，而瞭望的工作我會盡力而為。半小時後我進去看他，他睡着了。

　　天亮時天氣稍微涼快了一點，哈格里夫斯還在睡，漢利也坐在椅子上睡着了，貝利還沒有回來。夜裏白色的濃霧從海上湧來，我只能看到數米內的地方，但我聽到一大羣鳥在頭上飛。從那聲音聽來，牠們來回往返，似乎在圍着海島繞圈。我不知道這是不是異常的現象，但可以肯定接下來發生了是什麼事——地震，就像在城裏有重型貨車駛過時感受到的震動那般，但在瓦赫拉島上根本沒有車輛來往！

　　我正擔憂着會不會再有餘震，只見濃霧中出現一個人影。人影的身高比貝利矮，原來是莫伊拉·史蒂芬遜！

　　她解釋快艇離開瓦赫拉島不到兩小時，羅盤和自動駕駛儀就失靈，把他們帶回瓦赫拉島來。他們本想回到海港裏，但水太淺，快艇在沙灘上擱淺了。厄斯金在斯特拉貝格酒吧裏，跟哈斯韋爾夫婦在一起。

　　我們站在氣象站外面說話時，哈格里夫斯在門口出現，用手扶着紮有繃帶的頭。**17**

如果我們離開村舍先到氣象站去，便可以把聽到的消息帶回來。我們已經來到鵝卵石街道的盡頭，前面是荒野，雜草叢生，長滿石楠樹和烏飯樹。這片荒野在冬天不算可愛，但夏天時，這裏的草卻能使島上的牛和羊大吃一頓。

大多數人都不會選擇經過這片荒野，畢竟有些地方的路被樹遮蓋着，並不好走。但我對自己的方向感引以自豪，毫不擔心會迷路。

鳥鳴聲已經漸遠，但還留在耳邊。十分鐘後，我們又聽到鳥從四面八方飛回來。看來牠們不是飛走，而是在島上盤旋。

如果我不傾聽鳥叫，就會注意到海浪聲。幸好莫伊拉·史蒂芬遜一把抓住我的手臂，不然我就滾到山崖下去了。

「對不起，我還以為自己的方向感很強。」我説，「這麼説，我們已經走遠了。看來不僅那些鳥失去方向感，我也沒有想像中那麼熟悉這片荒野呢。」

「我認為你沒有錯，地球的磁力一定出了毛病。」莫伊拉説，「鳥是依靠它來判斷飛行方向，有些人也能做到這一

點，你可能是其中之一。」

莫伊拉的話也許是對的，但我知道，現在唯一安全的辦法就是沿着崖邊前進。這樣走距離會遠一點，但至少不會迷路。

就在這時候，我們感到有地震！

這次地震就像在城裏有重型貨車駛過時感受到的震動那般，但足以使我們背後的地面開始裂開。我及時拉着莫伊拉·史蒂芬遜跳到裂縫的另一邊，回頭一看，我們剛才站立的地方已塌落到下面的海裏了。於是我們離崖邊遠一點，但沒有再發生地震。

至少二十分鐘後，氣象站方形的輪廓才在霧中出現。哈格里夫斯站在門口，他的頭包紮着繃帶，還在滲着血。17

「你沒事吧？」我問他。

「我會活下去的，」他回答，「但我要告訴你們有關貝利的事，他帶走了氣象站的信號槍，不知去向。」

「你認為貝利會用它嗎？」莫伊拉問。

「我不知道，只能假定他會用。」哈格里夫斯答道，「戰時他當過俘虜，當時他策劃在俘虜營中逃走。為此，他被關在一間室悶的小茅屋裏很久很久。裏面熱得可怕，沒有食物，也沒有水。你們可以想像，這種經歷是難以忘懷的，我能夠猜想昨夜的炎熱對他起了什麼作用。最麻煩的是若他以為自己身處馬來亞，剛從日本人那裏逃出來的話，就會使用那信號槍。雖然這信號槍只會噴火，不會發射子彈，但仍能造成很大傷害。」

「漢利怎麼樣？」莫伊拉問。

「喝醉了！」哈格里夫斯回答，「他還在睡覺，我懷疑兩小時內他也幫不上什麼忙，我⋯⋯」

他沒法把話說完，因為這時候發生了第二次地震，而且比上次厲害得多。這次我可以看到氣象站在震動，裏面的

東西噼噼啪啪地落到地上。莫伊拉‧史蒂芬遜和我緊靠在一起，哈格里夫斯倚着門框。

地震終於過去了，哈格里夫斯哈哈大笑起來。

「我自告奮勇來做這份工作，希望度過三個月平靜的生活！」他説，「結果那個持槍亂走的傢伙打破了我的頭，還有一個醉鬼在裏面，更發生地震……咦！那是什麼？」

鳥羣又飛回來了。

「是鳥，有好幾千隻，一直繞着這個島轉來轉去。」莫伊拉説，「牠們遲早會飛走，或是在島上降落。如要降落的話，這裏就太擠了！」

太陽已經出來一小時，但霧依舊不散，我們好應該派人去找貝利和通知其他人當心遇上他。貝利可能會回到氣象站，去斯特拉貝格時或許會在路上碰到他。漢利喝醉了，哈格里夫斯又不適合去，那麼只有我能勝任。可是，我該一個人去 **19** ，還是帶着莫伊拉‧史蒂芬遜一起去呢？ **21**

　我敲敲村舍的門，沒有人回應。我推一推，門打開了。這沒有什麼奇怪，因為瓦赫拉島上沒有人會惡意私闖民宅！

　村舍裏只有兩個房間，全是空的。麥克・杜格爾不在，他的狗也不在。我看看手錶，快到潮退的時候了。假如是平常的日子，杜格爾可能會到小島的另一邊，去看那些捉龍蝦的簍。我深諳杜格爾的為人，他才不管什麼世界末日。即使地球即將滅亡，他仍然會去做那七十年來每天必做的事情。

　我建議莫伊拉上氣象站去，我則到島的另一邊查看杜格爾是否平安無事，然後沿西邊山崖直接去氣象站會合。

　有一條小路通往島的另一邊，分別連接着龍蝦場和海豹聚居地。只是每年到這個時候，入口總會被石楠樹和烏飯樹遮蓋，因此在霧中尋找這條小路並不容易。

　一路上，前方的景物都很模糊。我依舊聽到鳥鳴聲，聲音一會兒遠去，一會兒又回來。從這情況看來，我猜牠們不是飛到北方，而是在島上盤旋。

　霧大得使我看不見前路，只好停步。就在這時，腳下的地面開始震動。它不過像城裏重型貨車經過時使建築物震動

　　的那種程度，而且只是眨眼間發生的事，但這毫無疑問是地震。我懷疑這可能是一連串地震的開端！

　　接下來幾分鐘什麼事都沒有發生，估計繼續向前走是安全的。我又看見前方的路了，於是邊走邊尋找進入龍蝦場那個岔口。若我沒有及時轉進去，便會一直走到海豹聚居地。

　　當我聽到海豹的叫聲時，就知道自己一定是錯過了岔口。可是，我不打算回頭。龍蝦場就在海豹聚居地北面，到了海豹那邊，我很容易就能從岩石上走過去。**20**

我心裏暗暗希望不要碰到貝利。

我必須提防這個自以為在馬來亞叢林，正逃避敵人追捕的人。什麼事情應該做？什麼事情不該做呢？我認為唯一不該做的事，就是沿着正規的路穿過森林。如果我的想法正確，在荒野中碰到貝利的機會較少。不管在霧中沿着荒野小路走是如何困難，我也要試試。

我沒有迷路，沿着小路走了大約一半路程，又開始聽到鳥鳴。起初那些鳥似是環繞小島飛行，現在牠們卻在我頭頂上低飛。我猛地聽到翅膀急速拍動的聲音，突然有些東西撞了我的耳朵一下。我伸手去摸，手指上染了血。另一隻鳥快要飛下來，我及時低頭，感到牠擦過我頭頂。再有一隻鳥用喙啄中我的後頸，我揮動雙臂，但未能成功阻止。這些是北極燕鷗，我知道牠們有時會襲擊人類，但甚少發生。這時，鳥羣從四面八方向我撲來，我拔腿便跑，希望能在霧中擺脫牠們。

我擺脫不了，儘管我不斷向前跑，牠們卻屢次擊中我。我開始慌張起來，牠們竟忽然飛走。

　　我停止奔跑，當鳥羣走了，島上彷彿一下子安靜下來。平時甚至在島的中部也能聽到海浪聲，但現在濃霧似乎不僅擋住視線，也阻隔了聲音。是什麼讓鳥羣飛走？我盯住包圍着我的白霧，什麼都看不見，汗毛卻下意識豎了起來。我察覺到霧中有些東西，這不可能是貝利……為什麼那東西能嚇走鳥羣？

　　我心裏有種直覺，叫自己站着別動。這種感覺持續了好幾分鐘，而且比鳥羣襲擊我的時候更使我膽顫心驚。直至有聲音透過迷霧傳來，恐懼感才消失，這聲音是我樂意聽到的海豹叫聲。

　　我大致知道自己現在的位置，我應該重回荒野那條小路嗎？ **23** 如果我跟着叫聲到達海豹聚居地，便可以沿着那裏的另一條小路到斯特拉貝格去。 **20**

灰海豹的聚居地在小島的西部，差不多與斯特拉貝格相對。這地方緩緩地斜向海邊，盡頭是一排斷指似的岩石，恍如巨人彎曲着手，想用手指抓住在四周打轉的濃霧。水太淺，使海豹灣的岩石露出水面，有雌海豹在岩石上歇息。

這裏變得跟我的記憶有點不同。

在雄海豹到來的繁殖季節開始前，雌海豹通常很安靜，在牠們之間行走十分安全。今天早上牠們卻有點異樣，叫聲少有的吵耳，使人感到周圍的氣氛很緊張。

當我經過一頭雌海豹身旁時，牠用尾巴掃向我。海豹的尾巴可以輕易弄斷一個人的腿，簡單得像折斷一根火柴。我連忙跳開，卻在滑溜溜的岩石上滑倒了。當我爬起來時，看見一個人站在離我不到十米的岩石上。儘管霧很大，我依然認出那是基思·貝利。他拿着一把信號槍，瞄準我的腹部！

「你別想捉我回去！」他大叫道，「你也好，其他日本皇軍也好！」

我回過神來，知道貝利又以為自己回到馬來亞聯合邦的叢林，把我誤認作敵人！

海底異獸

「貝利，戰爭已經結束了四十年。」我對他説，「你現在身處蘇格蘭的瓦赫拉島上，在氣象站裏工作。」

「你的英語很好，但還不足以騙倒我！」他説。

一些雌海豹在他身後移動。

「吩咐你的人別過來，否則先開槍打死你！」他慌張地喊。

「牠們不是人！牠們是海豹！」我叫道。

我看見他開槍，紅色的火光射到霧中不見了。就在這時候，大地再一次震動起來，把我們雙雙震倒在地。我能感受到地面的震動，也聽到那些海豹在驚呼。

等到地震過去，我坐起來，發覺貝利不見了。他不可能走遠，趁他還未重新裝上子彈，我該去追他嗎？ **25** 或是要謹慎點，儘快告訴斯特拉貝格的人現在情況危急，貝利正持着武器四處亂走？ **23**

我們沿着小路穿過荒野，盡可能不迷失方向，終於來到斯特拉貝格。路上沒有遇到貝利，也沒有發生什麼事。

當我們途經杜格爾的村舍時，門開着，莫伊拉建議進去看看。我把頭探進去大叫，沒有人回應，但杜格爾的狗貝西卻跑出來對我們汪汪地吠。這隻狗一向很文靜，又會走過來等着你親熱地拍拍牠。我懷疑杜格爾出事了。

我走進村舍，裏面是空的。貝西還在門外，好像要跟我們保持距離。我向牠走去，牠又離開。我停下牠也停下，似乎是要我們跟着牠走。

我們只好跟着牠走。也許是為了不在霧中丟失我們，貝西跟我們走得很近，近得我看見牠身上有血！趁牠不注意時，我一把抓住牠頸背上濃密的毛。貝西沒有掙扎，使我能夠看個清楚。牠一隻耳朵撕裂了，背上還被咬了一口。胸前滿是血，卻沒有傷口。有那麼多血，不可能是從牠的耳朵和背部流下來。我放開牠，看牠會帶我們到什麼地方去。

我們沿着荒野小路走了不遠，貝西便轉彎走向龍蝦場和海豹聚居地。我和莫伊拉認為一定是杜格爾出了事，才派這

隻狗來求救。

　　我提議由我跟着貝西走，莫伊拉則到斯特拉貝格酒吧去，告訴大家出了事，希望厄斯金或哈斯韋爾會來找我。

　　我真想停下來擦淨貝西的血，替牠包紮傷口，但杜格爾也許更需要幫助。從貝西帶我跑進迷霧那飛快的速度看來，牠的想法和我一樣。**26**

我回到斯特拉貝格酒吧時，看到厄斯金、莫伊拉和哈斯韋爾夫婦臉上都露出陰冷的表情。原來厄斯金在離酒吧僅一百米的地方找到了漢利，他有一隻腳幾乎斷了，大概是從氣象站爬了兩公里到這裏來的。

「我打算從他那裏問出氣象站發生了什麼事，」厄斯金説，「但我找到他時，這可憐的傢伙已奄奄一息。他似乎認為哈格里夫斯已經喪生，還咕嚕着有什麼怪物，説罷他便死了。我認為不是由於失血過多，而是因為受驚過度！」

我們一致同意，待在一起比較安全。這一天餘下的時間過得很慢，沒有發生什麼特別的事，只是有更多鳥飛落地面，使地上聚着一羣羣鳥。

沒有人想吃東西，天黑以後，我們決定在酒吧裏過夜。杜格爾的狗貝西也在酒吧裏，凌晨兩點牠開始嚎叫，怎樣也不肯安靜下來。突然，我們聽到鳥噼噼啪啪地飛起來。稍微安靜了一會兒，接着響起一種非常恐怖的聲音。

如果你聽過孔雀在夜裏的尖叫聲，那麼它和這聲音最相似——不過這聲音更響亮，更可怕。聲音時近時遠，一小時

內我們聽到好幾次，然後又停止了。很快那些鳥又飛回來，一直安靜到早晨。

　　第二天早上，厄斯金說出了大家的心裏話：「我們不能這樣再坐一天。天氣這麼熱，兩具屍體必須埋葬 **27**，而且得有人去找哈格里夫斯和貝利。**24** 無論是哪一個選擇，都教人不愉快！

23

　　途中我不止一次迷路，更一度失去了方向感，因此當我看見斯特拉貝格的房屋就在面前，真使我喜出望外。

　　我急着返回斯特拉貝格，本來不打算探訪杜格爾的村舍。但我經過時看見門沒有關，便探頭進去叫他，卻只聽到他的狗貝西汪汪地叫。原來聲音不是來自屋內，而是外面。

　　狗吠聲又接近了一點，我在屋外等候。那隻狗向我跑過來，後面緊跟着的不是杜格爾，而是莫伊拉·史蒂芬遜。

　　「我猜杜格爾出事了！」她說，「這隻狗身上有血，牠跑到氣象站去，蹲在外面吠個不停。我們捉不住牠，但看得出是要我們跟着牠走。」

　　貝西就在我身邊，我一把抓住牠頸背上濃密的毛。牠一隻耳朵撕裂了，背上像被咬了一口，胸前滿是血，卻沒有傷口。有那麼多血，不可能是從牠的耳朵和背部流下來。

　　我放開貝西，牠馬上跑進村舍，接着又跑出來。牠汪汪地吠着，似乎是要我們跟牠走，牠好像在走我的回頭路。接着，我看到牠轉到通往龍蝦場和海豹聚居地的小路去。

　　我認為莫伊拉說得沒錯，杜格爾肯定是出事了，也許是

他派那隻狗來求救的。我提議由我跟着貝西走，莫伊拉則到斯特拉貝格酒吧去，告訴大家出了事。

我真想停下來給貝西處理傷口，但杜格爾也許更需要幫助。從貝西帶我跑進迷霧那飛快的速度看來，牠的想法和我一樣。26

　　我寧願在濃霧中尋找哈格里夫斯或貝利，也不想埋葬屍體。哈斯韋爾要我帶上他的獵槍，但我覺得沒有這必要。獵槍對那些「怪物」似乎沒有多大威脅，而我也想不出理由用它來對付貝利。

　　我表示會在海港和村子一帶尋找，大家埋好屍體後可到那裏去找我。

　　我找遍了大半個海港和村子，但沒有什麼發現。如果有任何風吹草動，鳥會預先警告。慶幸牠們現在非常安靜，靜得我認為可以在荒野上再走一段路。

　　我沿着通向氣象站的小路走了不到一百米，便看見一羣鳥吱吱喳喳地爭奪地上的某些東西。原來牠們正在啄食一隻死了的羊！我走近一點，才看到羊沒有了半邊身體。鳥會啄食肉，但不會啃骨頭！

　　接着，我又在附近找到兩隻羊的屍體，牠們同樣被吃掉一半。我猜想那是在夜裏吵吵鬧鬧的「怪物」做的好事！當我跟負責埋葬屍體的人分別時，厄斯金和莫伊拉再度提起想乘一條小船離開這個島。

　　我開始覺得這可能是個好主意！

　　我動身返回村裏，麥克‧杜格爾住的村舍是我經過的第一座建築物。我突然想到這位老人家可能會有槍，又懷疑會不會有人來過。

　　門開着，我走進去。窗戶很小，白天屋裏也總是很暗，有霧就更暗了。當我東張西望尋找油燈時，房間忽然變得漆黑一片，屋頂上的鳥四散！我已經把門關上，就往窗口望去，外面有某些東西把光擋住了！**29**

當我動身要去追貝利時，那些海豹又開始圍着我。牠們晃動尾巴，張開大口，叫聲變成低沉的嘶嘶聲。我知道牠們是要進攻，於是抓起一把石塊，一塊一塊地擲過去。牠們後退，遠離一點又停下來，繼續發出充滿威脅的嘶嘶聲。

我扔石塊時往前走了幾步，剛好走到一塊岩石的邊緣。我朝下望，麥克‧杜格爾就躺在下面。他的一雙眼睛瞪着我，臉和衣服上滿是血。

我向那些海豹擲更多石塊，待牠們走遠一些，我就跳下去。杜格爾還活着，神智清醒。他用微弱的聲音説：「你不要移動我，我的右臂和雙腿都斷了。」

「怎會這樣的？」我問道。

「是海豹，」他回答，「是彗星引起的瘋狂。」

「我去找人來幫忙。」我説。

「不用了，不過，我或許用不着別人來幫忙了。」

「別胡説！」我撒謊，「你會沒事的。」

「不會了，你心知肚明。有件事我必須告訴你，是關於巨獸的。如果那些巨獸再從海裏上來……」

他忽然説起家鄉話蓋爾語，我聽不懂，但一直反覆説着「田·埃金」這個詞語。接着，他不再作聲。

他的脈搏不動了，也沒有了呼吸。我將耳朵貼近他的胸膛，已經聽不到心跳——麥克·杜格爾死了。

我試圖抱起屍體，但太重，搬不動，得找人來幫忙。斯特拉貝格酒吧離這裏最近，但我能在霧中找到它嗎？28 我只要沿着西邊山崖走，就能到氣象站去。30

26

我以為貝西是把我帶到龍蝦場，但海豹的叫聲告訴我，我們正在前往海豹聚居地的途中。在雌海豹歇息的岩石邊，貝西停了下來。我向四周張望，完全看不到杜格爾的蹤跡。

「走吧，貝西。」我說，「你的主人在哪裏？」

牠蹲下來哀叫，不願離去。我認為有必要仔細地查看附近，便向那些海豹走過去。海豹張開大嘴和發出低沉的嘶嘶聲，彷彿在警告我不要前進。我終於明白貝西為何不動，懷疑牠是被海豹弄傷的。我可沒聽說過雌海豹會襲擊人類，不過現在島上沒有一件事看來是正常的。

我把石塊扔向那些海豹，牠們雖然叫個不停，但仍然跟我保持着一定距離。貝西突然向前跑，在岩石之間消失不見了。

我馬上追上去看看，發現麥克‧杜格爾躺在岩石底下。他渾身是血，很明顯已經死去。從他躺着的樣子推測，他的雙腿和一條手臂都折斷了。

我看看他旁邊的一塊岩石，看來他想用自己的血在岩石上寫字，可惜寫出來的文字意義不明——「田·埃金」，我懷疑這是蓋爾語。正在這時，我聽到霧中有人呼喊，那是厄斯金的聲音。

我大叫回應他，讓他循着聲音向我走來。我大概可以推斷出杜格爾的死因，雖然這令人有點難以置信。但現在除了好好埋葬杜格爾，我們別無他法。

我表示可以幫忙搬屍體，但厄斯金是個大塊頭，寧願一個人背着他走。我應該跟他一起到斯特拉貝格嗎？**28** 抑或去通知氣象站的人，讓他們知道貝利不是唯一的危險，連島上的動物也不能信賴了！**30**

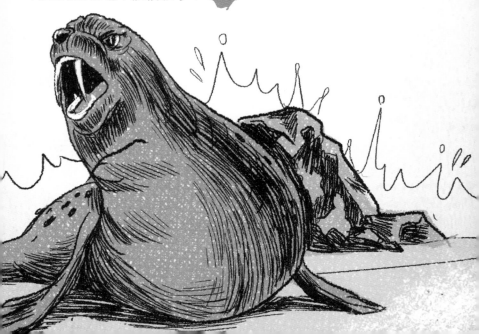

　　沒有人願意去找哈格里夫斯和貝利，於是我們決定先做那非做不可的事，就是在教堂院子裏安葬兩位死難者，然後再考慮尋人的事。

　　葬禮只能草草了事，哈斯韋爾找到兩個大小比較合適的木板箱，用來安放屍體。我們在教堂院子的泥炭地上輪流挖掘，但不準備把墓穴挖得很深。其實也沒辦法挖太深，挖到約一米便碰上堅硬的石頭。

　　由於厄斯金當海軍時，曾在海上安葬死者。挖好墓穴以後，我們請他主持一個簡單的儀式。

　　當我們在清理和收拾鏟子的時候，忽然聽到莫伊拉‧史蒂芬遜的尖叫聲。聲音是從舊教堂那邊傳來的，我們趕緊跑過去看她。

　　在她身邊的地上躺着簡‧哈斯韋爾飼養的羊，正確來説是羊的殘骸。牠不僅死了，而且有半邊身體被吃掉！吃牠的絕對不是鳥，鳥會啄食屍體，但不會啃骨頭。

　　「那隻牛怎樣呢？」哈斯韋爾問道，「牠常常到教堂院子來的。」

　　我們分頭去找牛，簡‧哈斯韋爾和我找到了。牠同樣被吃了一半，躺在牆的缺口處。牆後面有一隻羊，是從荒野而來的，也只餘下一半身體。

　　我們在教堂附近會合，大家都悶悶不樂。不僅因為發現了被肢解的動物屍體，還在疑惑島上有什麼東西能吃掉像牛那樣大的動物。

　　我們站在離教堂塔樓十幾米的地方，突然聽到上面有聲音。這聲音是從塔頂傳來的，像是什麼東西在移動那裏的石頭。31

28

　　回到舒適又安全的斯特拉貝格酒吧,很容易會以為剛才只是個惡夢。莫伊拉·史蒂芬遜也在,跟厄斯金和哈斯韋爾夫婦一起。可惜這不是夢,厄斯金剛把杜格爾的屍體搬回來,放在酒吧後面的一間小屋裏。

　　天氣已經夠熱,加上大霧,使人更加難受,彷彿有一種看不穿、避不了的可怕東西包圍住我們。

　　莫伊拉·史蒂芬遜一直想着逃走,便再次提起離開這個島。

　　「你不用想那艘快艇了,沒有辦法把它從沙裏弄出來。」哈斯韋爾説,「我到過海港去,真不相信水會這麼淺。我曾聽説那裏的水底滿是洞穴,但從來沒想到有機會親眼目睹。真想知道有什麼東西會住在洞穴裏面,那只能是海怪的棲身之所吧!」

　　莫伊拉對船比對海怪更感興趣。

　　「的確可以把兩條小船拖到海上,但我可不想乘坐它們在波濤起伏的大海中航行。」哈斯韋爾繼續説,「那是買來在天氣好的時候去釣魚。」

　　厄斯金正要説話，外面卻傳來嘈雜聲。來回飛了好幾小時的鳥早已停下來，我進屋時牠們就聚在屋頂上，有些還在石牆上站成一排。那陣嘈雜聲是牠們拍動翅膀飛起來的聲音，聽起來像是受驚了。這時傳來一聲怪叫，緊接着一片寂靜。

　　我看着莫伊拉·史蒂芬遜。

　　「你是鳥類專家，這是怎麼回事？」我問。

　　她搖搖頭，説：「我認不出那是什麼聲音，聽起來像是動物叫聲，但不是海豹。」

　　「除了海豹外，島上就只有羊和牛，我沒聽過牠們會發出那樣的聲音。」哈斯韋爾説。

　　「除了那些動物外，這裏還有人，我出去看看。」厄斯金説。

　　我也要去看看。厄斯金到了村後，我則到港口。22

有東西在屋頂上，我絲毫不敢移動。煙囪的石頭開始噼噼啪啪地落到壁爐裏，石板瓦掉在地上，頭頂的椽木發出砰的一聲，一把灰泥灑落到我的頭來。

在黑暗中，我找不到任何東西來自衞。天花板隨時會塌陷，我得趕快找一盞燈！

我四處找，終於找到一盞油燈。我點亮它，再舉得高高的，看看有沒有東西可以用來當武器。我想到可以把油燈拋向屋頂上露出來的東西，但這樣做就只有一次機會，而且同樣會使我身陷險境。我繼續找，在桌子底下找到一個箱子，裏面有十瓶高酒精含量的麥芽威士忌。

我靈光一閃，馬上把自己的手帕撕成布條，然後拔掉瓶塞，在每個瓶子的瓶頸裏塞一條作為導火線。我仍舊聽到屋頂上的喧鬧聲，但這時窗戶已經透進一點光線，外面的東西似乎要離開了。

我把箱子移到窗前，用一把椅子打破玻璃窗。我燃點了一個瓶子的導火線，把瓶子扔到外面的霧中去。我看見它爆出火焰，但喧鬧聲還沒有停止。我燃點第二個瓶子的導火

線，把瓶子扔到另一邊。聲音停止了，接着我頭頂上某處突然響起昨夜那種使人毛骨悚然的奇怪狂叫聲。

我再扔了兩個瓶子，便聽到有些東西拖着沉重的步伐離開村舍。我打開門，又向聲音傳來的方向扔了兩個瓶子，其中一個在空中燃燒起來。尖叫聲響起，還在空中燃燒的火光退到霧中去了。我用瓶子擊中的那東西看來有房子那麼高！

我離這在島上漫遊的怪物這麼近卻能生還，並沒有使我很高興。但我有一個重要發現：不管這是什麼東西，牠肯定不喜歡火。燃燒的威士忌既然有用，相信汽油會更有效。快艇上有汽油，我應該直接去快艇取 **37** ，還是回斯特拉貝格酒吧去，看看那些埋葬屍體的人怎麼樣呢？ **33**

看到麥克‧杜格爾慘死，我感到很難受，忘了可能會在霧中遇見貝利。等到萌生這個念頭時，我已經快到氣象站了。

我本以為會看見氣象站這方形建築物的黑影，但眼前只有一片白色的濃霧。我肯定離氣象站只有幾米，一定是霧突然變濃了。

走着走着，我的腳碰到地上的一些東西。我彎腰把它撿起來，原來是椅子鋼架的一部分。再走過兩米，我找到了鋼架的其餘部分，木頭椅背和座位還連在上面。我想到貝利，但沒有人——即使是瘋子——會有這麼大的力氣。我站着傾聽，只聽到海浪聲和鳥鳴聲，鳥羣仍舊在頭頂上飛來飛去。

我匆匆向前走，簡直不能相信眼前這個廢墟曾是氣象站。氣象站的地基還在，上面所有東西卻蕩然無存，只剩下

一堆破磚、碎木和彎曲的鋼鐵。

　　這裏沒有一點火燒或爆炸的痕跡，地震也不可能造成這個現象。地基連裂縫也沒有，整座建築物像是被沉重的東西壓塌。

　　我在瓦礫堆上爬，看看下面有沒有壓着任何人。遠離地基的另一面，有一部無線電收音機，它的前半部破了，上面有一個血手印。血跡還是黏乎乎的！

　　我不禁叫喊起來，四周沒有響起一絲回音。我真的嚇壞了，懷疑自己是不是島上唯一活着的人。

　　也許是驚慌過度，我只能蹣跚着穿過荒野。當我看見斯特拉貝格那些灰色和白色的房屋在霧中若隱若現時，我真的鬆了一口氣。毀掉氣象站那不知名的東西，還沒有到過這條村子！ 22

哈斯韋爾帶來了獵槍，他緊張地向着塔頂開槍，整夜沒停的那種尖叫聲伴隨着槍聲響起。

哈斯韋爾説：「不管牠是什麼，應該是屬於鳥類，沒有別的東西能到塔頂上去。」

搬動石頭的聲音還在響，當哈斯韋爾重新裝子彈時，一塊大石突然在霧中出現，朝着我們飛過來。它落下的地方離我們只有一米，在大家面前把一塊墓碑砸成碎片。

即使地震使石塊變得鬆動，也不會有一種鳥有這樣大的力氣，能把一塊大石擲過來。

現在，哈斯韋爾已經裝好了子彈。

「來吧！」他邊説邊走向教堂，「我們去看看那到底是什麼東西！」

舊教堂的窗戶都用木板蓋住，厄斯金帶來了一盞防風燈，以備不時之需。他點亮了燈，跟哈斯韋爾一起走進教堂，我們跟在後面。

教堂內部是個荒廢的空殼，亮光從塔頂一個洞照進來，我們沒看到有任何東西從裏面爬到塔頂去。

外面響起拖着腿走路的聲音，像是把沉重的東西放在地上拖行一樣。我們跑出教堂，但在濃霧中什麼都看不見，只聽到哈斯韋爾從圍牆那邊大叫。

「快來看這個！」

那些九至十三米的牆被推倒了，簡直有如一部推土機衝過那裏！

「我受夠了！我要乘小船離開這個島！」莫伊拉·史蒂芬遜説，「我不知道自己能不能操控它，但必須試一試。」

厄斯金表示不用擔心，因為他會一起離開。港口共有兩條小船，我知道哈斯韋爾夫婦不會走，我該跟他們一起留下嗎？ **33** 還是乘小船離開呢？ **35**

32

　我扔出瓶子，與此同時，貝利開槍。瓶子破了，爆成火焰，酒精灑在貝利身上燃燒起來。

　我還沒有來得及趕上去把火撲滅，他已經搖晃着衝到甲板邊緣，掉出船外。

　我衝到船舷，看見他躺在下面的沙地上。從他頭部歪扭的角度看來，他跌下去時把頸扭斷了。

　我趕快爬下去，火焰已經完全熄滅。我搬動他的時候，才發覺他死了。

　我把兩罐汽油從船上搬下來，每次搬一罐。我不知道該怎樣處置貝利，現在看來不可能再找人把他埋到教堂院子裏。我只好用沙和石塊蓋着屍體，希望島上的動物不會發現。

　我再找不到子彈裝進信號槍，貝利身上和他待過的船艙裏都沒有。手槍成了廢物，我把它扔掉。

　我撿起一個留在沙地上的威士忌瓶，放進口袋。現在我有兩個燃燒瓶以備急用，也可空出雙手拿汽油。

　我提起兩罐汽油時，忽然聽到海上傳來小船引擎的響

聲。我知道那是厄斯金和莫伊拉，相信他們已做了適當的選擇。

　　我仔細傾聽了幾秒鐘，聲音忽然消失了，大概是引擎出了毛病。引擎沒有再響起來，我想這一定是大霧阻隔了聲音，心中默默地祝他們好運。

　　雖然一個人在霧中逗留很不是滋味，但汽油罐太重了，一路上我還是停下來休息了好幾次。當我回到斯特拉貝格酒吧，真的大大鬆了一口氣。**38**

當我回到斯特拉貝格酒吧時，厄斯金和莫伊拉不再和我們在一起。他們可能還在小島上，但相信會嘗試利用其中一條停在海港的小船離開。我也想走，但我不願撇下哈斯韋爾夫婦單獨留在島上。哈格里夫斯和貝利可能仍然活着，但恐怕已經凶多吉少。

島上的動物幾乎全都死掉，那些在霧中潛行的不知名東西很快又要來找食物，我真不想成為牠們的大餐。

在氣象站受襲以後，我再不認為斯特拉貝格酒吧能保護我們。我們只有一把獵槍，但子彈不多。可以充當爆炸品的高酒精含量麥芽威士忌倒有不少，可以做二十幾個燃燒瓶。

我把一瓶瓶威士忌搬到櫃枱上的時候，屋後傳來打破玻璃的聲音。哈斯韋爾拿起獵槍跑出酒吧，我聽到他開了兩槍。待我趕到他那裏，他已經重新裝上了子彈再次開槍。

「沒有辦法阻止牠們！」他說，「把那些威士忌拿來！」

他剛說完，外面就靜下來了。接着，我們看見霧中冒起火光。

「是教堂！」哈斯韋爾説，「教堂着火了！一定是我們在院子埋葬杜格爾和漢利的時候，有人把燈遺留在教堂裏。」

無論起火的原因是什麼，大火似乎把那些生物嚇走了。但教堂不會一直燒下去，牠們終究會回來。我們知道獵槍不中用，而二十幾個燃燒瓶即使有用，也用不了多久。我們必須到快艇上拿汽油過來。那裏有兩罐汽油，每罐十八升，是用來啟動輔助引擎的。

我在四個威士忌瓶中塞進布條做成燃燒瓶，再用瓶塞塞住瓶口，誰去拿汽油都可以帶着旁身。哈斯韋爾想去，他覺得自己做得太少了。我應該讓他去嗎？ 38 還是堅持自己去呢？ 37

我停下來時，貝利開槍了。距離這麼近，他沒有理由打不中我，除非他沒有瞄準。可是這一槍離我很遠，至少有三分之一米，我不禁鬆了一口氣。

我聽到子彈打在我後面某些東西上，從傳來的金屬聲聽來，我已猜到了是什麼。我轉身看見汽油燃燒起來，蔓延甲板。一罐汽油已經燃燒起來，旁邊那一罐隨時都會爆炸。

我望着貝利，大叫：「我們必須離開快艇！那兩罐汽油隨時會爆炸！」

貝利一動不動，我衝上前要抓住他，他卻把槍指向我。我沒有辦法把他帶走，這樣下去說不定兩人會雙雙炸死，只好從船上跳到下面的沙地上。

我的腳剛碰到地面，汽油就爆炸了。抬頭一看，只見火焰在我頭頂的甲板上掃過。我仍然希望貝利會跳下來，但他沒有出現，我也無法回船上找他了。

不僅汽油在燃燒，快艇上的木材也烈火熊熊。我離開烈焰，看着快艇燒得只剩下一個冒煙的軀殼。

在火焰噼噼啪啪的燃燒聲中，我聽到海上某處傳來小船

引擎的軋軋聲。這無疑是厄斯金和莫伊拉，我已説不清他們到底是不是做了最好的選擇。

　　我傾聽着引擎聲漸漸遠去，接着一下子消失了。我想這一定是大霧阻隔了聲音，心中默默地祝他們好運。

　　對汽油瓶沒什麼好寄望了，現在我只能回到斯特拉貝格酒吧去。 **40**

35

　　如果要長時間航行的話，小船最好只載兩個人。既然厄斯金是比較出色的海員，我們決定讓莫伊拉跟他在一起，我則乘另一條小船跟在後面。我們裝上了額外的燃料，還帶上足夠的食物和水，好讓我們能航行幾天。

　　兩條小船停在海港靠近村子的地方，水位下降，使小船離岸更遠，遠在高高的地面上。我們要拖着小船橫跨海港，到達圍住港口的沙岸那裏，再把船拖過沙岸，在另一邊下海。

　　我簡直認不出這個海港，四周盡是一些大洞穴，這些洞穴本來是深埋在水底的，現在都露出來了。如非情況危急，探索這些洞穴也許很有趣，但現在我們只一心想着儘快離開這個島。

　　小船是玻璃纖維製造的，十分輕巧，把它們放在沙地上拖行比我們想像中容易得多。駕駛小船的事我完全交給厄斯金，希望他不靠羅盤也能把船駕駛好，而我只需在後面跟着。大海比我平時看到的平靜，但最大的問題是要使兩條船在大霧中能看互相看到對方，因此我們決定緩緩航行。

離岸還不到一百五十或二百米，厄斯金那邊就似乎出了問題。我聽到他對莫伊拉・史蒂芬遜叫嚷，説小船落入了一股很強的逆流之中。接着他們那條小船的速度和方向變得飄忽不定，使我難以跟隨。

我聽到厄斯金大叫，看來是突然被拉向前了，我只見他的小船鑽進霧中。

「不要跟着我們！」他喊道，「用盡全力向左駛！開足馬力……」他的聲音在霧中消失。我立即轉向左，船頭翹起來，破開洶湧的波浪。我漫無目的地快速駛進霧中去。36

36

　　幾秒鐘後，我減低引擎的速度。我呼喚厄斯金，但沒有回應。我不知道出了什麼事，也不知道向着哪個方向走，心裏卻明白現在只能靠自己了。

　　我的目的地是劉易斯島，可不能隨便駛到大西洋中心去。相信小船離瓦赫拉島不太遠，必須設法找到這個島來推斷方向。

　　我開始讓船慢慢地轉彎，希望會聽到波濤拍岸，或者鳥羣環繞小島飛行時發出的聲音。但除了拍打船邊的水聲，什麼都聽不到。

　　大約兩小時後，船在岩石上擱淺，一下子陡地翹起來，我和大部分物資都掉進水裏。我在水裏游的時候，看到船身有個破洞。

　　我游來游去，直至找到一些露出水面的岩石，便搶救出小船上的一點食物和水。接着，我去查看自己到底在什麼地方登陸。

　　這算不上一個小島，只是一條光禿禿、滑溜溜的岩石，約寬五米，長二十五米，正常情況下是在水下幾米的地方。

　　我搶救出來的食物和水最多夠用兩三天。除了坐着呆等，實在別無他法。

　　我登岸後的第二天傍晚，聽到霧中有聲音，希望那是一艘船。我呼叫，但沒有回音。天黑了好一會，又聽到有聲音響起，好像有人向岩石走過來。我再叫喚，仍然沒有回應。我猜那可能是一隻海豹，於是撿起一個空罐向傳來聲音的方向扔去。忽然一聲慘叫，像孔雀在夜裏的尖叫聲！我逃出了瓦赫拉島，卻沒能逃脫霧中那極端恐怖的東西。

　　完

37

我帶了四瓶威士忌——上衣口袋兩瓶，兩隻手各拿一瓶，以防萬一。我一路往快艇走去，但願用不上它們。

快艇擱淺在沙灘上，顯得很高。自它擱淺以後，水位又下降了好幾米。我手裏拿着瓶子，沒法爬上船，於是把它們放在沙地上，然後攀上船舷。

我相當確定那兩罐汽油藏在船尾一個櫃子裏，當我打開第二個櫃門時就找到了。汽油又滿又重，我小心翼翼地把它們拉到外面的甲板上。我決定不了是不是該冒險把汽油扔下船，然後跟着爬下去。就在這時候，我聽到有聲音。

在霧裏，任何聲音都有點可疑，我不能斷定聲音來自哪個方向。我從衣袋裏掏出一瓶威士忌，聲音又再響起。我猜那是來自船艙的，於是穿過甲板走過去，手裏仍然握着那瓶威士忌。

我看見有人站在船艙門口，便問道：「是誰？」

沒有回答，但那人影似乎拖着一條腿向前走來。我認出那是貝利，也看到他手中的信號槍。

現在他跟我很接近，已能看清他的臉孔。這張臉孔使我

膽顫心驚，我遲疑是否該跟他搭話。

　　「貝利，」我說，「發生了什麼事？你受傷了嗎？需要幫忙嗎？」

　　他還是沒有回答。

　　我遞出那瓶威士忌，說：「瞧！這是好酒，麥芽威士忌，喝點吧。喝一口烈酒，會讓你覺得舒服點。」

　　我拿着威士忌走向他，他卻舉起手槍指着我。他是要開槍嗎？我可以把瓶子扔過去 32 ，但也許我不再移近他，他就不會開槍了。 34

38

　　我把斯特拉貝格酒吧所有空瓶收集起來，簡·哈斯韋爾則拿來一綑破布。現在我們有足夠材料，可以動手做「汽油彈」了。這些武器能幫助我們抵抗那不知名的東西多久呢？這問題我實在不願去想。

　　哈斯韋爾和我負責倒汽油瓶，簡·哈斯韋爾撕布條做導火線。

　　「這些事不可能真發生過。」

　　說話的是簡·哈斯韋爾，她可能是自言自語，但哈斯韋爾和我都立即停下手中的工作。

　　「對不起，但我想起了老杜格爾常說的一個故事，是關於大霧和海上的巨獸。」她說。

　　「這不過是神話傳說罷了。」哈斯韋爾說。

　　「神話傳說可能也有事實根據。」我說，「杜格爾是最後幾個會說民間故事的人之一，這些傳說代代口述相傳，記錄着幾千年前發生的事……」

　　我停下來，這些故事有可能來自幾千年前嗎？這顆彗星是否曾經來過地球，現在又再來了？從前的人是否也經歷過

現在發生的事？

　　簡·哈斯韋爾停止撕布條，凝望着杜格爾經常坐的那個角落，好像在記憶中召喚那老人的亡靈。

　　「人們來找格羅納奇，格羅納奇吩咐他們滅掉所有爐子裏和島上的火。這時候，格羅納奇拿着聖橡木出去見那些巨獸。那些巨獸害怕聖橡木的魔力，不斷後退，格羅納奇就用聖橡木把牠們趕回海裏去。」

　　「好極了，那表示有火就能使牠們離開。」哈斯韋爾說，「至於聖橡木，全島連一棵橡樹也沒有！」

　　「它不是樹，」簡·哈斯韋爾強調，「那橡木不是一棵樹，而是貝爾坦的『田·埃金』。」41

我們知道怪物還會回來，只是不知道在什麼時候。如果我們要做準備，就必須在白天做。大霧已經夠糟糕，晚上根本不可能做到。

我們要把怪物引到海港和阿德拉灣之間的海岬，牠們是吃肉的，那就把島上所有肉全弄到海岬那裏，包括我們自己在內！

哈斯韋爾有一輛輕便的舊汽車，我們從酒吧搬出一些漁網，那是在斯特拉貝格還是個漁村時就放在這裏的。霧仍然很濃，於是我在前面帶路，哈斯韋爾在後面駕車。我們要做一件噁心的工作，就是沿途收集所有動物屍體，裝在漁網裏，並把漁網用繩子拴在汽車後面，拖到海岬。我們不但收集了一大堆發臭的腐肉，還把這陣腐臭味一路留在島上。

接下來的工作是把汽油彈連同簡‧哈斯韋爾和貝西，從斯特拉貝格酒吧帶來這裏。我站在海岬靠近阿德拉灣那一邊，哈斯韋爾兩夫婦站在另一邊，簡負責照顧着貝西。

一小時又一小時過去了，沒有動靜。接着，貝西開始嗚嗚地叫。我豎起耳朵細心聽，在霧中某處傳來鳥飛起來的聲

音，然後是那些古怪的尖叫聲。牠們來了，而且不止從一個方向來，都是來自陸地那一邊。我們移開一點，盡量遠離那堆腐肉，必須讓這些怪物從我們中間通過。

我看不見牠們，但有一下子，我貼着崖坡抬頭看到一些黑影穿過迷霧，還聽到拖着腿走路的沉重聲音和刺耳的呼吸聲。

忽然，尖叫聲又開始了。我聽到汽車掉下陡崖，看來牠們在為爭奪動物屍體而打鬥。我向哈斯韋爾夫婦大叫一聲：「動手！」 44

哈斯韋爾夫婦和我並不快樂,雖然沒有說出來,但大家心中有數,我們只不過是在等死。我們談到另一條小船,但它太小,容不下我們三人。哈斯韋爾夫婦仍然認為,反正要死,倒不如死在他們熟悉和喜愛的地方,也不願死在海上。我沒他們那麼堅決,卻仍決定留下。

我沒料到這一天竟平靜地過去了。鳥仍舊密密麻麻地停在地面上,沒什麼異常,又聽不到怪物的聲音。

到了第三個不眠之夜,簡‧哈斯韋爾決定睡一會兒,而哈斯韋爾和我則輪流值班看守。

這一夜和白天同樣安靜,直到第二天早晨依然毫無變化。霧和鳥還在,不過我們開始覺得有點希望了。怪物也許已經走掉,於是我冒險走到外面,舒展一下兩條腿,並打算去看看快艇是不是燒光了。

快艇的確燒光了,只留下鋼和仍在悶燒的餘燼。我走到水邊,看到一些碎木塊在漂浮,我想一定是快艇爆炸時飛彈出去的。

我涉水把木塊拉回岸上,其中一片較大的木塊上清楚漆

着一個名字——「尼克」。我急忙跑到靠近斯特拉貝格酒吧的海灣，另一條叫「簡」的小船還在。這正是我擔憂的事，這些碎片看來是屬於厄斯金和莫伊拉所乘的小船。雖然難以想像出他們發生了什麼事情，但我對兩人是否活着已不抱希望。

我決定隱瞞哈斯韋爾夫婦，絕口不提。當我回到斯特拉貝格酒吧時，他們顯得十分快樂。他們相信恐怖的事情已經過去，但我不信，我知道那些怪物一定還在霧中的某處，靜靜地伺機行動。 **42**

「你怎麼知道的？」我問道。

「我生於劉易斯島，在那裏生活到五歲，然後舉家遷往美國。」簡·哈斯韋爾說。

「田·埃金」這三個字勾起了我的回憶，我問她是什麼意思。

「是魔火，在貝爾坦的古老火節和萬聖節*點燃的魔火。」簡回答，「點燃魔火首先要讓其他火全部熄滅，因為人們相信，如果別的火還在燃燒，魔火就燃不起來。聖橡木不是一棵樹而是一塊橡木板，上面有一個洞，洞裏插着一個橡木栓來點燃魔火。『田·埃金』的意思就是『烈火』。」

「算了，什麼魔火烈火的，忘了它吧！即使火把巨獸趕到海裏，但牠一旦回來，又有什麼能阻止牠呢？」哈斯韋爾道。

「等一等！」我說，「我記得故事到這裏還沒有完，那是說到巨獸在什麼地方被趕回海裏去。」

哈斯韋爾說：「我可以告訴你，那是在海港和阿德拉灣之間。但知道了也沒有用，既然你能從那海岬走到水邊，那又有什麼能阻止那些怪物從水中上來呢？」

我無法回答。

「依我看，」哈斯韋爾繼續說，「如果我要把什麼東西趕下懸崖，一定會在氣象站旁那塔貝特岬的東邊。那裏的懸崖高而陡，水又淺，底下盡是岩石。」

哈斯韋爾的話很有道理，問題是假如我們這樣做，就得耗盡所有武器。若不成功，便沒有第二次機會了。哈斯韋爾的提議是孤注一擲，在塔貝特岬大鬧一場。簡·哈斯韋爾卻不贊成。

「這可能只是我的預感」，她說，「但我寧願按照故事所說的去做。」

我們要相信簡·哈斯韋爾的預感，還是哈斯韋爾的推理？我們必須拿定主意，在兩者之間做決定，究竟該在塔貝特岬 **43**，還是在阿德拉灣呢？ **39**

＊萬聖節即美國人的鬼節，在每年的十一月一日，十月三十一日則為萬聖夜。這個節日源自數千年前古人的習俗，原是舉行祭靈儀式的日子。因為他們相信當晚死神會允許死者的靈魂回到家中，因此他們要在山頂點燃烽火，持火炬繞行田野，用來引導那些靈魂，並驅趕一路上的孤魂野鬼。

42

　　這是平靜的第三天晚上，天氣仍舊很熱，霧還是那麼濃。我們在斯特拉貝格酒吧過的生活多少已回復正常，現在哈斯韋爾外出了，帶着貝西到村子周圍散步。

　　簡·哈斯韋爾正在準備晚餐，酒吧的門猛然推開，哈斯韋爾衝了進來，貝西緊跟在後面。

　　「牠們又在外面了！」他喘着氣説，「我們幾乎撞在其中一隻怪物身上，我至少看到兩個黑影穿過迷霧。牠們似乎蹲在外面，動也不動。」

　　我們毫無保障，只有一道牆把我們和外面的怪物隔開。但牆又有什麼作用呢？我們把所有窗戶的窗板關上，屋子變得漆黑一片，我們坐在一起默不作聲。這時，一扇玻璃窗的破碎聲打破了寂靜。因為有窗板擋住，暫時什麼都看不見，不過我看到窗板上的鐵枝不斷彎曲！

　　窗板忽然破裂開，一個又扁又小的頭挺着細長的厚皮脖子伸進屋裏，牠有一個大嘴巴和兩排鋒利的牙齒。我提起一把椅子，向着這個頭重重打下去，牠發出一聲我們熟悉的尖叫，連忙把頭縮回窗外。哈斯韋爾和我立即把一個沉重的大

櫃搬過去，擋住破了的窗板。

我們等着窗子再被怪物撞破，但沒有。半小時後，天花板落下一塊灰泥。我環顧四周，想知道是怎麼一回事。

我看到外牆上出現了一道裂縫，而且裂縫越來越寬，大塊灰泥落到地上。我打開一扇窗的窗板，透過玻璃看到一個裹着厚皮的灰色身體。

屋後傳來響亮的聲音，像是木頭斷了。看來那些怪物已經把我們團團圍住，打算慢慢地推倒這間屋。也許幾分鐘，也許幾小時，這間斯特拉貝格酒吧就會變成一堆碎磚瓦礫。不管怎樣，我們肯定出不去，逃不了。

完

要把這些巨獸引到塔貝特岬必須有誘餌，除了我們外，島上唯一的肉就是吃剩的羊和其他動物屍體。

哈斯韋爾有一輛輕便的舊汽車，我們從酒吧搬出一些漁網，那是在斯特拉貝格還是個漁村時就放在這裏的。霧仍然很濃，於是我在前面帶路，哈斯韋爾在後面駕車。我們要做一件噁心的工作，就是沿途收集所有動物屍體，裝在漁網裏，並把漁網用繩子拴在汽車後面，拖到塔貝特岬。我們不但收集了一大堆發臭的腐肉，還把這陣腐臭味一路留在島上。

接下來的工作是把汽油彈連同簡‧哈斯韋爾和貝西，從斯特拉貝格酒吧帶來這裏。我們準備了一些食物和飲料，守在氣象站的廢墟後面，展開漫長的等待。

天色暗淡下來，貝西開始嗚嗚地叫。過了一會，我們便聽到陸地那頭傳來第一陣尖叫聲。叫聲越來越接近，巨獸來了！我們聽到鳥羣飛起來，隨即聽到拖着腿走路的沉重聲音和刺耳的呼吸聲。牠們在我們面前走過，向着崖邊走去。從聲音推斷牠們已經找到腐肉，正在搶着來吃。我悄悄對哈斯

韋爾説了幾句話，便拿起一箱汽油彈，繞過那羣爭奪食物的巨獸到達另一邊。

　　一團火從氣象站方向飛過半空，我也連忙點燃一個汽油彈，再用它的火焰點燃其他的汽油彈。我們從兩邊扔出汽油彈，它們爆炸的爆炸，燃燒的燃燒。巨獸的尖叫聲震耳欲聾，我聽到汽車掉下懸崖，撞向下面的岩石。接着傳來砰的一聲，接着又有一聲，又一聲⋯⋯

　　我們一邊擲汽油彈，一邊向前走，雙方在崖邊會合。一切突然靜止下來，懸崖上什麼都沒有。42

我燃點了一個汽油彈，用它的火焰燃點其他汽油彈。我看到一道道火光從海岬另一邊飛到空中。汽油彈爆炸的爆炸，燃燒的燃燒。尖叫聲震耳欲聾，並開始向海邊移去。我們跟在後面拋擲那些汽油彈，直至手臂都痠痛了。我們在海岬邊停了下來。

四周還在不斷燃燒，其中一個汽油彈大概是炸中了汽車，我們看到它在崖下爆炸成一團火球。由於熱氣不斷上升，霧開始散去。有一陣子，我好像看到一扇窗向海上飄去。

海岬底下是一個大漩渦，形成一個巨大的漏斗，把所有東西都吸進中心的黑洞裏。一些有肥大身軀、小頭、長頸、長尾巴的灰色東西，拍動着四隻大鰭，無情地被吸到那漩渦的中心去。幾秒鐘後牠們消失不見，霧又再一次籠罩起來。

三天過去，怪物再也沒有回來。在第四天早晨，迷霧消散，太陽又照耀着瓦赫拉島。鳥大羣大羣地南飛，寒冷的北風持續吹着大地。

我到海港去，潮水在漲。我走到海岬一看，漩渦已不見

了。哈斯韋爾的快艇離岸漂走，不過用剩下那一條小船，很容易就可以把它拖回來。

當我回到斯特拉貝格酒吧時，收音機在報道新聞，說彗星正在遠離地球。整個北半球曾發生風暴、地震和奇怪的磁力干擾，不過現在一切開始恢復正常了。

我看見簡·哈斯韋爾從她的衣袋裏拿出一件東西。

「我忘記了這東西。」她說，「我們剛到這裏的時候，老杜格爾把這個送給我。他說這東西十分古老，我一直把它放在這件外套的口袋裏。在我們和怪物搏鬥那夜，我正好穿上這件外套。」

她把這東西遞給我。這是一個細小的凱爾特十字架，用木頭雕刻而成，因年代久遠而發黑，看來像是用橡木做的。

完

死亡請柬

請先讀這頁

　　這個故事跟你過去看過的可能大不相同，因為故事的發展全由你來決定。這就像親身經歷一次冒險一樣，故事中發生的一切就發生在你身上。你得選擇下一步該怎樣做，結局也跟現實生活一樣，不可能總是愉快的，那就全靠你自己了。

　　故事中有很多險境，閱讀時你彷彿置身其中，你有很多機會決定之後怎麼辦。

　　你這次冒險是在奧地利阿爾卑斯山一間滑雪旅館中展開，你與另外一小羣客人被困山上，與世隔絕。在客人當中有一位殺人兇手，你必須找出誰是兇手，否則你將會成為下一個受害者！

　　如果你想知道怎樣找到那個殺人兇手，那麼請按照右頁的指示去做。

怎樣讀這本書

　　每一章都有一個黑色號碼，你用手指翻動一下書邊，就會找到這些號碼。

　　請從黑色號碼 **1** 的那頁開始閱讀，當你讀到這一章的末尾時，它會告訴你接著應該讀哪一章。故事中會有多次需要你自己做決定，選出下一步怎樣做。當你一直往下讀，便會看到那些不同的抉擇是什麼。你需要選好如何行動，然後按照你那個決定後面的號碼翻到那一章。

　　例如：我該留下來陪史密斯小姐呢？ **14** 還是幫助法官搬屍體？ **17**

　　如果你決定留下來陪伴史密斯小姐，便翻到第14章；如果你打算幫助法官，便翻到第17章。

　　若要成功完成這次冒險，你必須找出誰是兇手，還要活下來道出真相！書中共有 6 個結局，請好好選擇你的未來。

　　現在，請翻到第 1 章，開始你的偵探工作吧！

除了我和一個打扮入時的中年女人外，酒店大堂的休息室裏再沒有別的人了。當時我在喝咖啡，而她則在寫着些明信片。她寫字時鼻子很靠近桌子，我覺得奇怪，她為什麼不戴眼鏡呢？

一個服務員走進休息室，喊我的名字。的士來了，它會載我從因斯布魯克鎮到費斯多爾夫鎮去。

當我經過接待處時，櫃枱那裏有人在爭吵。一個紅臉膛的胖子以帶有濃重蘇格蘭口音、説得很糟的德語説話，別人沒法子聽懂他在説什麼，我走過去問他是否需要幫忙。

「唉！」他歎道，「你想辦法跟這些外國人説明白，我要到一個叫費斯多爾夫鎮的地方去。」

我表示自己不但能幫忙，而且我正要到那裏去。如果他願意跟我一起乘車，我無任歡迎。

這胖子名叫麥納，是市警局的探長。我問他是否來奧地利度假。

「可以這麼説，」他答道，「這也許是出於作為警察的好奇心，又可以説是蘇格蘭人總是無法抗拒免費的東西。要

是你收到這麼一個邀請，你又會怎麼辦呢？」

　　他從口袋裏掏出一個信封，把它交給我。我根本不用打開便知道內容，因為我口袋裏也有一個一模一樣的信封。

　　我在三星期前收到那封信，是從蘇黎世一間律師行寄來的。它說我是已故的史提芬‧史賓莎在遺囑中提及的人之一，獲邀到費斯多爾夫鎮附近一間滑雪旅館度過周末，到時將會宣讀他的遺囑。同時還附上了一張金額很大的支票，供我在旅途中花費。麥納和我去的竟是同一個地方！

　　麥納說：「有趣的是，我根本不認識這個叫史提芬‧史賓莎的人。」

　　我又何嘗認識呢？ **2**

2

　　這間滑雪旅館過去一度是私人物業，現在改成一間小旅館。旅館位於半山，能俯視費斯多爾夫鎮。只有一條路可通往那裏，就是乘搭鋼纜吊車。雖然隆冬仍未過去，卻回暖了幾天，有機會發生雪崩。因此已經沒有人滑雪，也沒有人登山了。

　　我們大約等了一個小時纜車。當我們登上纜車時，車廂中除了我們外，還有兩個乘客。其中一個是從因斯布魯克鎮的酒店來那個近視女人，另一個是身材高大、樣子高貴的男子。男子頭戴圓頂硬禮帽，身穿天鵝絨衣領的黑色絨毛大衣，這身打扮在倫敦最繁華的龐德街更為合適。

　　麥納指着那戴圓頂硬禮帽的男子，低聲對我說：「你知道嗎？他是默文·傑克遜，倫敦最出色的刑事律師之一。他曾傳召我到證人席，狠狠地耍過我幾次呢。」

　　默文·傑克遜沒有露出任何認得麥納的樣子。

　　旅館離纜車月台只有幾米遠，我們辦好入住登記手續，麥納便和我分別，各自回房間更衣準備吃晚餐。

　　當我走進餐廳時，麥納已坐在那裏，揮手喚我到他那張

餐桌去。默文‧傑克遜和那近視女人坐在附近,另外有兩個男人合坐一張桌子,第七個客人則獨自佔着一張桌子。

晚餐是牛扒和沙律,還有甜品和咖啡。麥納想多喝一杯咖啡,便按了我們身邊牆上的鈴,但沒有人來。他再按了一下,仍舊沒有人來。過了五分鐘,麥納便離開餐桌,前去找侍應。

他離開了很久,回來時手裏拿着一個小包裹,並把它放在桌上。

他說:「我找不到一個侍應,也找不到任何人,看來這個地方的人全跑光了。不過這東西放在接待處的櫃枱上,上面寫着一串人名,我們的名字也在其中,還有傑克遜的名字。」

他向室內其他人轉過身去,說道:「這裏有一個包裹,看來是給我們大家的。」 **3**

包裹裏有一個小錄音機，麥納按下了播放的按鈕。

「很高興你們所有人都接受我的邀請，前來聽我宣讀已故的史提芬·史賓莎那份遺囑。但你們將會失望，因為根本就沒有史提芬·史賓莎這個人，那只是我把你們引到這裏來的詭計罷了。如果我提起我父親的真實姓名，你們也許不肯來了。我的父親名叫史提芬·萊恩……」

錄音帶裏的聲音沙啞，顯然是經過偽裝。

那把聲音繼續說下去：「假如你們仍然記不起這名字，就讓我從法官大人漢尼拔·貝尼斯講起吧。你就是宣判我父親謀殺罪成的主審法官。」

貝尼斯法官就是那兩個坐在一起的男人中，年紀較老的那一個。聲音把在座每個人的名字和身分逐一說出來：默文·傑克遜是那宗案件的檢控官；近視女人雅嘉莎·史密斯小姐是控方的主要證人；那個坐在法官旁邊的男人——喬治·哈潑是首席陪審員，即陪審團的發言人；麥納是逮捕犯人的警官；接着輪到我了。

「你寫了一本有關這宗案件的書，這本書使我父親的

案件無法重審。我父親明明是無辜的，卻死於獄中，是所有坐在這個房間裏的人殺死他。你們自以為是判斷謀殺案的專家，現在你們將有機會去證明是不是了。我即將殺掉這裏每一個人，除非你們能在被殺前先把我找出來。」

那個獨自坐着的男子跳了起來，我發現錄音帶根本沒有提及他的名字。

「我叫法蘭克·克拉柏，我不知道這兒在搞什麼瘋把戲，但我與此事無關。我到這裏來只是想度過一個安靜的周末，可不願惹麻煩，浪費我的時間。我要乘纜車回費斯多爾夫鎮去！如果你們還有點理性，也會這樣做的！」

傑克遜説這是個好主意，麥納卻説「不」，他打算留下來「一會兒」。我應該跟麥納留下來 **7** ，還是跟克拉柏和傑克遜離開這裏呢？ **5**

　　我從月台爬下來，走到麥納那邊。傑克遜撲倒在雪中，一動不動的樣子。

　　「有找到任何人嗎？」麥納問。

　　我說沒有找到。

　　「我也沒有，哈潑也沒有。看來所有員工都跑光了，這裏除了我們幾個客人外，再沒有其他人。」

　　我告訴麥納，克拉柏正在接待處設法打電話。

　　「浪費時間！」麥納道，「我早就試過打電話了，但電話線已被割斷，除非有備用的電話線。看來我們是被困在這裏了，至少得等到明天早晨。」

　　「傑克遜出了什麼事？」我問，「他從月台上掉下來了嗎？」

　　麥納站起來，在回答前沉默了一會。

　　「嗯，他的確是從月台上掉下來的，不過我認為那柄插進他胸骨間的利刀，才是使他掉下來的真正原因。」

　　傑克遜躺在我前面，頭面向我，右臂伸出。這時麥納向我轉過身來，他握着那手電筒的光束掃過雪地，照出傑克

遜右手旁有些什麼東西。那是在雪上劃出來的一個符號,我心念一動,認為可能是傑克遜臨死前想在雪地上寫下死亡信息。

我沒有機會看得更仔細,因為麥納往後退了一步,他的大警靴剛好踏在那符號上。

哈潑也跑出來看看發生了什麼事,我們便一起把屍體搬回旅館,鎖進地下室一個空置的儲物室內,鑰匙由麥納保管。

如果所有員工跑光了,那麼現在旅館裏只剩下我們六人。假如傑克遜是給別人謀殺的,我們當中一定有一個人是兇手! **9**

麥納宣布他要搜查這間旅館，哈潑説要陪他一起去，法官和史密斯小姐看來似乎不打算離開餐廳。克拉柏、傑克遜和我商量好，先回房間穿些保暖衣物，然後在纜車月台會合。

月台上沒有燈，不過遍地白雪映照着旅館射出來的燈光，使我們能看得清楚。一輛纜車停在月台上，裏面是空的。月台後面有一間辦公室，同樣空無一人。

傑克遜向纜車走過去，這時我和克拉柏走進那間辦公室。辦公室裏什麼都沒有，只有一部電話，克拉柏把話筒拿起來。

「電話還能通話呢，」他説，「不過這電話沒有數字盤，估計是連接費斯多爾夫鎮那纜車月台的直線電話。既然這裏沒有人，那邊大概也沒有人接聽吧。」

我走到月台盡頭，俯視着遙遠的費斯多爾夫鎮。我可以看到有燈光在山谷底閃爍，看上去活像在一百萬公里外。

克拉柏走近我身旁，説：「沒用，沒有人接聽。我回旅館去，試試那裏的電話。傑克遜到哪兒去了？」

　　我表示不知道，也許他已回旅館去了。克拉柏也認為是這樣，匆匆趕回旅館。我再向費斯多爾夫鎮的燈光望了一眼，正打算跟隨克拉柏走時，卻看見月台下面的雪地上有一個黑色的身影。

　　月台是從斜坡上往外延伸的，黑影在我下面約五米的位置。如果那是傑克遜的話，沒理由會一動不動。我很難相信傑克遜會跌出欄杆外，即使不慎掉下去，也不會在鬆軟的雪上受重傷。

　　月台由一些露天的鋼架支撐，從鋼架攀爬下去並不困難。月台下的雪地隱藏在陰影中，但我只爬到一半，便認出傑克遜的黑色絨毛大衣了。當我走到他身旁時，發現他毫無反應，也摸不出他的脈搏。我決定回旅館求救，這時突然有一道手電筒的亮光射着我雙眼。**11**

6

除了克拉柏走進酒吧外，我和其他人一起上了一樓，進去自己的睡房。當四周平靜下來後，我再次回到樓下的接待處去。

我知道自己和克拉柏的身分一定引起大家懷疑。我自知並非兇手，其他人的身分也相當明顯，只有克拉柏來路不明。不過，克拉柏提及的部分事情是可以查核的。他說在幾星期前已經預訂了旅館房間，要是這是真的，旅館應該會有記錄。也許還能從訂房記錄中查出點線索，看看是誰為我們預訂房間。

辦公室就在接待處的櫃枱後面，門並沒有上鎖。大概不會有人前來打擾，所以我決定花點時間來翻閱檔案。地下一層除了克拉柏外，再沒有其他人了。酒吧就在接待處對面，酒吧的門關上，但門上裝有磨砂玻璃，我可以透過它看到克拉柏坐在裏面。

辦公室裏有兩個大檔案櫃，其中兩個抽屜裝滿了訂房的信件。我挑出那些看來是最近收到的信件，放在桌子上，開始查閱。

　　不久，我聽到一陣疑似是開門的聲音。我從辦公室向外望去，接待處沒有半個人影，而克拉柏依然像剛才那樣坐着。於是我又埋頭，繼續翻閱信件。

　　大約過了半小時，我終於找到克拉柏訂房的信件。信上的日期與他說的話吻合，而且那是一張屬於某家著名工程公司的信紙，看來克拉柏說的是實話。至於誰為這裏其他人預訂房間，則尚未查明。

　　當我考慮着應否繼續翻查檔案時，突然砰的一聲，那無疑是一聲槍響，是從樓上傳來的！我衝出辦公室，看見克拉柏仍舊坐在那裏。他肯定能聽到這槍聲，但他沒有動。究竟是喝醉了，還是死了？我該弄清克拉柏的情況嗎？ **12** 還是到樓上看看到底發生了什麼事？ **10**

麥納宣布他要搜查這間旅館，哈潑和我說要陪他一起去，法官和史密斯小姐看來似乎不打算離開餐廳。克拉柏和傑克遜商量好，先回房間穿些保暖衣物，然後在纜車月台會合。

這間旅館只有三層，地下是接待處、休息室、餐廳、酒吧和廚房，一樓是所有睡房和浴室，下面還有一層地下室。

我負責搜查地下這一層，哈潑到一樓去，而麥納則前往地下室。我要搜查的房間較少，因此率先回到接待處。我一回來，便看到克拉柏正在櫃枱撥弄電話。他穿着一件大衣，從留在肩膀上的雪花看來，他是剛從外面走進來的。

他說：「在纜車月台的辦公室裏有一部電話，不過只是連接山下月台的直線電話，而這裏的電話卻打不通。如果你是在找那個警探，我想他是到外面看看傑克遜在做什麼。」

我拿了件大衣，走出旅館前往月台。那裏沒有燈光，但從旅館射出來的燈光映照在雪地上，使我能看清前路。一輛空的纜車停在月台上，辦公室跟月台一樣空無一人。

我在月台邊緣俯視，可以看到費斯多爾夫鎮的燈光在山

谷底閃爍，看上去活像在一百萬公里外。

當我轉身返回旅館時，看到延伸出斜坡的月台下面有燈光一閃。我於是走到月台旁邊，往下張望。

在下面約五米的位置，麥納彎着腰用手電筒在檢查什麼。他聽到我的叫聲，抬起頭來張望。

他説：「快下來，沿着月台的鋼架爬下來吧。這些是露天的鋼架，很容易爬下來。傑克遜在這裏，他看來情況有點不妙。」 **4**

8

　　我把自己鎖在房間裏。平時我都不會太早上牀睡覺，加上發生了這些事，我根本不想睡。牀邊有幾本平裝小説，我決定看一會兒書。

　　過了一會，四周平靜下來，聽來似乎所有人都睡了。我繼續閱讀小説，大約看了一個半小時，突然聽到有人輕輕敲門。我把書放下，走近門邊，但沒有打開。

　　「是誰呀？」我緊張地低聲發問。

　　「我是雅嘉莎·史密斯，」外邊有人回答，「我想跟你談一談。」

　　那是史密斯小姐的聲音，我認為她並不是兇手，於是打開了門。史密斯小姐跟我一樣，仍然穿着整齊的外衣。她看來心煩意亂，我連忙請她進來。

　　她告訴我：「我睡不着，也試過看書，但我視力不佳。我本來打算下樓跟克拉柏先生聊天，雖然我對克拉柏先生那樣狂喝酒有點不滿啦。」

　　她還説了一大堆對克拉柏的看法才進入正題，告訴我她下樓後發生了什麼事。

「他把自己鎖在酒吧裏。門上的窗口安裝着磨砂玻璃，我可以看到他坐在酒吧裏。我敲門喊叫，但他不理不睬，也沒有動彈，我認為克拉柏先生可能死掉了！」

我心想：也許只是喝醉罷了。我對史密斯小姐説，她該回到房間去，我下樓看一看，弄清克拉柏是否平安無事。

果然跟史密斯小姐所説一樣。當我下樓走到接待處時，就通過玻璃遠遠看到克拉柏，他仍坐在酒吧裏。我還未走到門邊，突然砰的一聲，那無疑是一聲槍響，是從樓上傳來的！克拉柏肯定能聽到這槍聲，但仍舊一動不動。他會是死了嗎？我該弄清克拉柏的情況嗎？ **12** 還是到樓上看看到底發生了什麼事？ **10**

我們六個人走進旅館的休息室，那六個人就是我、麥納、法官、史密斯小姐、哈潑和克拉柏。得知其中一人是殺人兇手，這可叫人心裏不好受。麥納指出沒有人能提出充足的不在場證據，即我們每一個人都有嫌疑殺死傑克遜。不過麥納認為，假如我們能證明自己的身分，對事情也許會有幫助。

法官表示雖然事情已過了十年，但仍然記得起哈潑和史密斯小姐曾參與那次審判，他還確定自己認得麥納。

哈潑和史密斯小姐說他們互相認得對方，但已記不起麥納，不過他們對法官都有印象。

麥納說他也認得法官，但補充自己只見過法官穿着黑袍、戴上假髮的樣子。認識法官最清楚的人是傑克遜，但他已經死了。

這麼一來，只剩下克拉柏和我。克拉柏仍堅持他跟我們毫不相干，他是個工程師，在因斯布魯克鎮工作。周末沒事時都會在山上一些小旅館度日，這間旅館的房間是他在幾星期前預訂。可是他根本無法證明這是事實，我也沒法子證明

自己的身分。

史密斯小姐建議，由於我們剩下六人，兩人一組的呆在一起會比較安全。哈潑可不喜歡這主意，他說自己運氣不好，一定會跟兇手分配成一組。克拉柏說他才不在乎我們做什麼，如果他被困這裏走不了，倒不如在酒吧消磨一夜，至少酒是免費供應的！

我們爭論了一番，最終決定最安全的辦法，還是整夜把自己鎖在房間裏。待天亮後，我們再設法下山。

既然兇手花了這麼多心思引我們到來，鎖上門又如何阻得了他行兇呢？不過我仍然同意回到自己的房間去。我心中有一個主意，不知道該留在自己的房間裏 **8** ，還是私自進行偵察？ **6**

麥納、法官和史密斯小姐聚在一起，站在哈潑房間外面，那房間的門開着，但我看不見哈潑。

史密斯小姐驚恐得近乎歇斯底里，法官正盡力安慰她。

「出了什麼事？」我問，「哈潑在哪裏？」

麥納拉住我的手臂，把我拉離門口，走到法官和史密斯小姐看不到的地方。他說：「哈潑在房裏，你可以進去看，但我不建議。房裏一片血污，他是近距離被射殺的。」

「誰殺他？」我問，「除了克拉柏外，我們全都在這裏，現在他還在樓下的酒吧裏。」

「我只能告訴你發生了什麼事，」麥納道，「我聽到槍聲，法官和我從自己的房間走出來，一起來到哈潑的房間。史密斯小姐站在那裏，手裏拿着槍。她說自己回房間時聽到槍聲，於是衝了進去。在黑暗中，有人把槍塞到她手裏，但她看不清對方是誰。」

「你相信她的話嗎？」我問。

「我是否相信意義不大。」麥納說，「錄音帶裏的聲音是經過偽裝，殺人兇手也有可能是個女人。哈潑和法官都說

認得史密斯小姐，但那是十年前的事了，我可記不起她。」

　　史密斯小姐仍在大哭大叫，麥納決定讓她到酒吧喝一點拔蘭地酒。法官則到地下室看看能不能找到塑料布，以便在搬動屍體前先包住它。

　　我們一起下樓，克拉柏站在酒吧門口，看來是喝醉了，又說沒有聽到槍聲。他一聽說哈潑被殺，立即振作起來，扶着史密斯小姐走進酒吧，還給她倒了些拔蘭地酒。

　　我跟麥納報告槍擊發生時，自己在做些什麼。這時法官從地下室取來了塑料布，麥納提議要不由我幫法官搬屍體 **13**，要不讓他去幫忙，而我則留下來盯緊史密斯小姐。**14**

站在月台上的是麥納。

我告訴他傑克遜和我在一起，他似乎傷得很重。

「你怎樣下去的？」麥納問。

我告訴他沿着鋼架，可以爬下來。

看到麥納時我已經站了起來，傑克遜躺在我前面，頭面向我，右臂伸出。當麥納沿着鋼架爬下來時，手電筒射出的光束掃過雪地，照出傑克遜右手旁有些什麼東西。那是在雪上劃出來的一個符號，我心念一動，認為可能是傑克遜臨死前想在雪地上寫下死亡信息。

我還未來得及細看，麥納已經到了，他的大警靴剛好踏在那符號上。他把手電筒交給我，跪在傑克遜身邊。

「克拉柏在哪裏？」他問，「我以為他是跟你一起出來的。」

「他是跟我一起出來的，」我說，「他在月台後面那間辦公室打電話，卻沒有打通，於是回旅館去試試那裏的電話。」

「浪費時間！」麥納道，「我早就試過了，根本無法接

通。所有員工都跑光了，這裏除了我們幾個客人外，再沒有其他人。看來我們是被困在這裏了，至少得等到明天早晨。傑克遜是怎樣到下面來的？」

我搖頭表示不知道。

我説：「我猜他是滑了一跤，或是不知怎麼樣，從月台的欄杆跌下來吧——雖然我看不出他怎麼能掉出欄杆。」

麥納站起來。

他説：「我可以告訴你，他是怎樣跌下來的。有人在他肋骨間插了一刀，那把刀還插在他身上呢。」

「他死了？」我問。

「死定了。」麥納道。

哈潑來幫我們把傑克遜的屍體搬回旅館，我們把屍體鎖在地下室一個空置的儲物室裏，鑰匙由麥納保管。

如果所有員工跑光了，那麼現在旅館裏只剩下我們六人。假如傑克遜是給別人謀殺的，我們當中一定有一個人是兇手！ **9**

我推推酒吧的門，但推不開，我再推了一下。門上了鎖，我只好用力拍門，大聲喊叫，但毫無用處。酒吧和接待處之間有一條短短的走廊，我猜那裏可能還有一個入口，但走廊只通往兩個洗手間和一個儲物室。

當我回到接待處時，我首先看到的是克拉柏。他已經把門鎖打開，站在酒吧門口，顯然是喝醉了。

「那麼說，你還活着！」我說。

他古怪地望了我一眼。

「嗯，你把自己鎖在裏面，我還以為你聽到槍聲會跑出來呢。」我說。

「我沒聽到任何槍聲，」他答道，「我把門鎖起，是因為這間旅館裏有些瘋狂的人。你剛才說什麼槍聲？」

我還未及回應他，這時麥納扶着史密斯小姐在樓梯上出現。她淚流不止，兩人朝着酒吧走來。

「喝一口酒可能會比較好。」他說。

克拉柏振作起來，上前扶住史密斯小姐，帶她進酒吧。

我問麥納：「哈潑和法官在哪裏？」

他説：「哈潑死了，是近距離開槍射殺的，弄得血肉模糊。法官到地下室找些塑料布，好讓我們把屍體搬走。」

麥納猜出我下一個問題想問什麼。

「我們可能已經知道是誰殺的。當時史密斯小姐在哈潑的房間裏，手裏拿着槍。她説自己回房間時聽到槍聲，於是衝了進去。在黑暗中，有人把槍塞到她手裏，但她看不清對方是誰。」

「你相信她的話嗎？」我問。

「我是否相信意義不大。」麥納説，「錄音帶裏的聲音是經過偽裝，殺人兇手也有可能是個女人。哈潑和法官都説認得史密斯小姐，但那是十年前的事了，我可記不起她。」

法官從地下室取來塑料布包裹屍體。麥納提議要不由我幫法官搬屍體 **17**，要不讓他去幫忙，而我則留下來盯緊史密斯小姐。**14**

麥納說得對，哈潑的身體血肉模糊。法官似乎對這工作不太在乎，我真後悔沒讓麥納來做這事，由我看管住史密斯小姐。

屍體比我預期中重得多，用塑料布裹着很不好拿，特別是經過建築物後面那條窄梯前往地下室的那段路。

麥納建議將哈潑的屍體放進存放傑克遜屍體的儲物室，還把鑰匙交給我們。由於旅館所有房間都編上了號碼，我們輕易找到那個儲物室。

至少我們認為找對了，但當我們打開門時，才發現不太對勁。鑰匙插進匙孔後不能轉動，那是因為門鎖早已打開。我打開門，亮了電燈，房間卻是空的。

我以為是麥納說錯了號碼，於是請法官稍等一會，試試打開其他房門。我查看了幾個儲物室，但沒有一處藏有屍體。地下室還有一個室內游泳池，沒想到一家小旅館裏竟然會有這樣的設施。游泳池盡頭有一道門，我走進去看看，看來只是加熱池水和作氯化消毒的機器室。

我退回走廊，返回法官身邊。他告訴我注意到兩件事：

空置的儲物室地板上有幾灘水漬，那可能是融化了的雪；上面還有一些深色的痕跡，恐怕是血跡。儲物室裏顯然沒有屍體，或者是說曾有屍體放在這裏，但現在已消失不見。

我們把哈潑的屍體鎖在儲物室，上樓回到接待處。麥納和克拉柏正站在酒吧門口附近。

麥納問：「你們有沒有看到史密斯小姐？她趁我們一不留神，悄悄溜了出去。不過不用擔心，我已取了她的槍，她逃不了多遠的。」

我把傑克遜屍體失蹤的事告訴麥納，誰也想不出有誰會偷取屍體，偷來又有什麼用呢？

我們決定分頭尋找史密斯小姐，同時留意傑克遜的屍體到了哪裏去。 **15**

14

　　我記得麥納說過哈潑的屍體血肉模糊，我對裹屍這工作可沒興趣。法官似乎並不在乎，麥納既然是當探長，對這種事肯定司空見慣。至於克拉柏和史密斯小姐嘛，克拉柏有一個不在場證人，那就是我！而我至今仍不認為史密斯小姐是殺人兇手，那麼可疑的就只剩下麥納和法官了！

　　我撇開這些想法，走進酒吧。史密斯小姐已經鎮靜下來，克拉柏似乎也差不多酒醒了。他們坐在角落的一張桌子輕輕地聊着，我覺得讓他們在那裏聊一會兒也不錯。

　　我想再看看那部電話，說不定只是出了點小毛病，或是有誰拔掉了電線插頭而已。

　　我查過後發覺事情沒那麼簡單，只好放棄，返回酒吧。克拉柏在酒吧門口碰到我，便問：「你有看到史密斯小姐在身邊經過嗎？」

　　我說沒有。克拉柏這時已經完全清醒過來，聽了我的回答後深感不安。原來史密斯小姐趁他倒另一杯拔蘭地酒時，悄悄溜了出去。我表示自己跟他同樣犯了錯誤，因為我的任務是要看管着她。

　　麥納和法官回到酒吧，剛好聽到我們最後幾句談話。

　　麥納看來並不擔心，他説：「我已取了她的槍，她不可能走得很遠。她可能離開了旅館，但是沒有路可以下山。」

　　我們決定分頭尋找史密斯小姐。

　　麥納説：「你們尋找史密斯小姐時，也留意一下有沒有看到傑克遜。」

　　「傑克遜？」克拉柏説，「傑克遜已經死了啊！」

　　麥納説：「不錯，他是死了，我親手把他的屍體放進儲物室。鑰匙仍在我這裏，但屍首卻不見了！」 **15**

15

我們約定回到休息室見面，當我到達那裏，克拉柏和法官早已來到。克拉柏在廚房給大家煮了一大壺咖啡。幾分鐘後，麥納也來了。

我們找不到史密斯小姐，也沒有發現傑克遜的屍體。現在倒是有點眉目，這位史密斯小姐的真正身分或許是萊恩小姐，她就是要謀殺我們的人，但這仍解釋不了她和屍體突然失蹤的謎團。

法官想出一個可能的答案，至少可以解開史密斯小姐失蹤之謎。

他說：「有一條路可以下山，但在黑夜走這條路有點危險，加上隨時會發生雪崩。不過還是可以下山的，那就是滑雪。我年輕時是個滑雪好手，如果明天我們仍然被困在這裏的話，我打算滑雪到費斯多爾夫鎮去。」

我們認為法官的分析滿有道理，但滑雪下山這主意對我們卻沒什麼用。我們不會滑雪，即使會也滑得不太好。

「我有辦法帶大家下山，雖然我認為這辦法並不比滑雪安全。」克拉柏說，「纜車是成對地移動的，一上一下。纜

動纜索的機器在下面的費斯多爾夫鎮,我們無法啟動。但只要鬆開停在月台的纜車,我們便能下山去,並以緊急煞掣系統停下來。」大家都認為這主意值得一試。

這一晚雖然已過了大半,但我們還是把握餘下的時間,稍微睡一睡。

到了早上,我們自己動手在廚房弄早餐。法官寧願冒險滑雪,也不願乘坐纜車。克拉柏出去查看過纜車,確定能夠鬆開它。但他擔心纜車會超重,未能及時停下來。安全起見,只能帶一人離開。麥納表示願意跟他一起走,那就是說要把我一個人留在旅館裏,等待拯救人員前來。**16**

法官檢查旅館的滑雪設備後，換上豔紅的滑雪裝——紅褲加紅羊毛帽——走出來。

「如果你們擔心我，可以站在這個位置看我滑行下山。祝我好運吧！」他説。

我們祝福他能安全到達，然後看着他出發。他雖然年紀很大，但畢竟是個滑雪專家。我們望着他滑行了幾百米，雪山的坡度變得更陡了，有一陣子失去了他的蹤影。突然，一下刺耳的槍聲在山谷中迴蕩。

「那是來福槍的聲音。」麥納説。

隨着回聲消失，響起了一陣長長的「嗡嗡」聲響，再慢慢變成怒吼。

「雪崩！」克拉柏大叫起來。

怒吼停止了，一團粉紅色的雪懸在斜坡上，然後逐漸澄清起來。那是法官躺在山邊遠處的雪地上，他一身紅色打扮在白雪中顯而易見。我們看了一會兒，只見他紋風不動。

克拉柏説：「除了乘纜車到費斯多爾夫鎮，組織拯救隊去救他外，我們無能為力。不過，我懷疑他是否仍然活

着。」

「你們沒有忘記那一響來福槍吧？」麥納問道，「如果我們的朋友史密斯小姐在下面，她無疑會開槍射擊纜車。」克拉柏說他寧願冒險。

半小時後，纜車已經準備好。由於法官不在，而史密斯小姐則拿着一枝來福槍躲在山下某處，克拉柏認為不管會否超重，也不希望把我留下來。

麥納表示如果重量影響這麼大的話，他可以陪我留下來。克拉柏卻說「不」，我們其中一個得跟他乘車下山。他需要坐在車頂操作緊急煞掣系統，待在那裏很冷，要是他凍得半僵，就很可能需要別人幫忙。

我知道麥納想離開，所以看來得由我來做選擇了：冒險乘纜車溜下去，但我們可能會遭槍擊，也許根本無法安全抵達地面 **24**；或者留在旅館，假如史密斯小姐知道他們逃不了，那麼她只需要對付我一人！ **18**

17

　　麥納說得對，哈潑的身體血肉模糊。房間裏到處是血，我們的確需要那塊塑料布，避免搬動屍體時弄得到處都是血污。法官似乎對這工作不太在乎，我真後悔沒讓麥納來做這事，由我看管住史密斯小姐。

　　屍體比我預期中重得多，用塑料布裹着很不好拿，特別是經過建築物後面那條窄梯前往地下室的那段路。

　　麥納建議將哈潑的屍體放進存放傑克遜屍體的儲物室，還把鑰匙交給我們。這鑰匙在上次使用後，一直放在他的口袋裏。

　　旅館裏所有房間都編上了號碼，連那個放掃帚的小房間門上也寫着號碼，因此我們輕易找到那個儲物室。

　　至少我們認為找對了，但當我們打開門時，才發現不太對勁。鑰匙插進匙孔後不能轉動，那是因為門鎖早已打開。我打開門，亮了電燈，房間卻是空的。我以為是麥納說錯了號碼，這時我注意到兩件事：空置的儲物室地板上有幾灘水漬，那可能是融化了的雪；上面還有一些深色的痕跡，恐怕是血跡。顯然這裏曾經存放屍體，現在卻消失不見。

我們把哈潑的屍體鎖在儲物室，上樓回到接待處。麥納和克拉柏正站在酒吧門口附近。

麥納問：「你們有沒有看到史密斯小姐？她趁我們一不留神，悄悄溜了出去。不過不用擔心，我已取了她的槍，她逃不了多遠。」

我把傑克遜屍體失蹤的事告訴麥納，誰也想不出有誰會偷取屍體，偷來又有什麼用呢？我開始懷疑，麥納真的確定傑克遜死了嗎？他卻激動地說敢拿自己的退休金來打賭。

我們決定分頭尋找史密斯小姐，同時留意傑克遜的屍體到了哪裏去。**15**

克拉柏攀上車頂，麥納走進纜車車廂，我站在月台上觀看。麥納在車廂門口揮動着手中的什麼東西，説：「我知道不該把『證物』給你，不過要是史密斯小姐回來，你可能會用上它，接住！」

我接住了，那是麥納從史密斯小姐手中拿來的手槍。

克拉柏站在車頂上，好像在敲什麼東西似的。他停止敲打，在車頂邊緣俯身對我喊叫：「你知道我找到工具的那個儲物室嗎？」

我點點頭。

「只有一個插栓把纜車扣在纜索上，我得把這插栓敲脱，可是它扣得很緊。儲物室裏有一把大錘，你可以給我取來嗎？」

我説了聲「好」，便轉身去找那大錘。儲物室在地下室，我只去了幾分鐘。當我回來時，纜車已從月台上離開，沿着纜索溜下了好一段路。克拉柏一定是在我離開時，把插栓敲脱了。

我看不見克拉柏，車頂有一條大鐵臂吊在纜索上，他大

概是給鐵臂擋住了；我也看不見車廂裏面的麥納，因為太陽射在車窗上，使玻璃反光。

離開月台後，纜車會途經三座鐵塔，每座相隔幾百米。經過第三座鐵塔後下臨深谷，纜索會變得又長又陡，而且離地面很遠。這段路程是對緊急煞掣系統的真正考驗，只要闖過這一難關，他們就能安全抵達，不過我不可能看到。進入那段路程後，纜索便會消失在高大的松樹林後面，我打算一直看到他們離開我的視線為止。**19**

19

　　纜車已駛近第三個鐵塔，在之前那一段坡度相當平坦的纜索上行駛時，估計克拉柏會利用煞掣系統盡量減低車速。

　　從我站立的位置不易判斷車速，但看上去纜車的速度實在太快了。當它到達第三個鐵塔時，整個車廂似乎蹦跳了一下。我以為纜車會脫離纜索，但它沒有，只是在那裏左右搖晃。

　　這一下蹦跳倒把車速減慢下來，等到搖擺減弱，它又再次快速移動，速度一下子加快了許多。

　　吊輪開始噴出火花，灑落車廂。我猜那是纜車在纜索上滑行的速度太快，而吊輪轉動的速度跟不上而引起。即使距離這麼遠，我仍然可以聽到金屬摩擦時發出的刺耳聲響。

　　我心中吶喊：即將會有意外！與纜索緊扣的吊輪由於摩擦產生熱力，到時不是纜車鬆脫掉下去，就是纜索被拉斷。

　　令人難以置信的是纜車竟然安然滑過這一段路，向樹林直衝過去。接着，它從我的視野中消失。

　　我發覺那尖銳刺耳的聲音突然停止了，一秒鐘的死寂後傳來了樹木折斷的低沉吼聲。

我站在那裏，傾聽着靜下來的遠方，眺望着那片樹林。我大概可以想像出發生了什麼，纜車以那麼一股勁力撞向樹林，一定會撞得粉碎。很難相信克拉柏和麥納能夠死裏逃生。

我過了好幾分鐘才從驚恐中清醒過來，這時我想起自己的處境。傑克遜和哈潑死了，法官就算不死也身受重傷。留下來的就只有我和史密斯小姐，也就是最後一個受害者和兇手！ **21**

麥納的氣力比我預料的大，我肯定會在這場搏鬥中敗陣下來。纜車還在左搖右擺，而我們的打鬥使它搖晃得更厲害。

我們兩人開始滑向打開了的車門，我及時抓住門邊，麥納卻沒抓到，就在我眼前滑出車門，不見蹤影。

我倚着門穩住身子，往外張望。麥納已經掉下去了，不過我看不見他在哪裏。如果他運氣好，墜落在厚厚的白雪上，説不定仍可活命。

我跌跌撞撞走到車廂另一端。爬上在車頂小門下面的椅子，那小門還未關上。

我從小門爬出車頂，四射的火花灑落在我周圍，吊輪仍在纜索上滑行。我慢慢爬向緊急煞掣系統的啟動桿，它已拉下來一半，這可能就是吊輪打滑的原因。如果我繼續拉下它，只會打滑得更厲害。

我把啟動桿鬆開，火花停止了，但纜車開始加速，於是我試着重新拉下啟動桿。纜車有一陣子慢了下來，但接着又開始打滑。麥納説得對，要控制它已經太遲了！

　　我往前望，纜車距離平坦的地方還很遠，看來沒有什麼能讓它減速。

　　現在也許還來得及跳車，我把身子移近車頂邊緣，好往下查看。下面的深谷比我和麥納搏鬥時深得多，有些地方的雪被風吹走了，露出一塊塊黑色的岩石。如果我這時跳下去，一定粉身碎骨。

　　纜索與高大的松樹林緊貼而過，我考慮着跳下去的話，那些樹能否救我一命，但我認為希望不大。

　　我猶豫不決，然而就在這刻，纜車脫離了纜索，把我拋向下面的岩石。

完

21

　　我已在外面大半個小時，冷得要命。當我回到旅館時，決定到廚房給自己煮一壺熱咖啡。

　　廚房看上去跟我們離開時差不多，十分凌亂，吃早餐時用的碟子還放在桌上。我拿起咖啡壺準備洗淨它，但一拿起來便急忙放下，它還燙着呢！

　　這是個電咖啡壺，但沒有插上電掣。我在頭腦裏算了一下，我們吃過早餐至今已有兩個小時。即使我們當中有一個人曾回到廚房弄熱咖啡，那也是一個小時前的事了。在那以後，我們全都呆在一起。

　　經過這麼長的一段時間，電咖啡壺沒理由仍然滾燙，其間一定有人曾把它弄熱。但在這旅館裏，除了我以外已沒有人啊！難道真的有其他人？

　　我從口袋拿出麥納給我的手槍，槍裏還有五發子彈。我從沒有開過槍，即使要依靠這把槍自衞，我也不知道自己能不能擊中別人。不過我覺得手中握着槍，膽子會大一些。

　　我決定再搜查一次旅館。我先從一樓的睡房開始查看，所有房間都是空的。哈潑房間地氈上那乾了的血跡，使我回

想起不久前發生過的慘劇。

　　我走到樓下搜查其他房間，甚至連放掃帚的小房間也查看過，同樣是空無一人。

　　我還未檢查地下室，於是開始走向通往下層的樓梯，但我停住了腳步。我心想：這樣做只是浪費時間罷了，儘管那咖啡壺滾燙，並不代表這裏還有其他人。事實上我並不想搜查地下室，因為放在那裏的屍體竟然能走出鎖上的房間！

　　我知道該到地下室去 **28** ，但我不去也沒有人會說我是個膽小鬼。 **26**

纜車稍微穩住一點，不過仍是左右搖晃，而且前進得很快。我走近麥納，把他扶起來。

「克拉柏在搞什麼鬼？」我叫道。

麥納搖搖頭。

「我不知道，」他大叫着，「我們得去看看！」

連接車頂的小門下放了一張椅子，麥納嘗試爬上去。我盡力扶穩他，他把小門推開，探出頭和伸出肩膀。他很快便退回來，紅潤的臉龐變得十分慘白。

「他不在那裏！」他嚷着，「克拉柏不在那裏！」

我還未發問，他卻像在回答我的問題，説道：「我不知道他到了哪裏去，可能是經過最後一座鐵塔時，車廂蹦跳使他掉下去了。」

他跌跌撞撞地橫過搖擺不定的車廂，推開車門，外面颳進了陣陣刺骨的寒風。

「你要做什麼？」我喊道。

「我們只剩下一個機會了。」他説。

在呼呼的風聲中，我差點聽不清他在説什麼。我把身子

移近打開的車門，下面一百多米深的地面一閃而過，那裏滿是積雪和一塊塊黑色岩石。

「跳！」他叫道。

我對他喊：「你瘋啦！我們會摔死的。我們不是可以爬上車頂，操控那緊急煞掣系統嗎？」

「太遲了！」他大叫。

就在他說這句話時，頭上響起了一陣尖銳刺耳的聲音。纜車的吊輪開始噴出火花，飛濺而下，灑進門來。

麥納抓住我，想把我推出車門。我心念一轉，難道麥納就是兇手？他是步步把我推向死亡嗎？他說煞掣系統起不了作用只是謊言？讓我摔死後他仍有求生的妙策吧？

我們在車門前搏鬥起來，其中一人會跌出車廂外！是我掉下去 **25** ，還是我把麥納推出去？ **20**

23

　　那天傍晚時分，一個男孩牽着狗散步，在距離費斯多爾夫鎮約四分一公里的地方發現了我。那時我凍得半死，筋疲力竭。好不容易才説出大致情況，請他們組織拯救隊上山救人。但到我恢復精神，把來龍去脈説清楚，已是兩天以後的事了。

　　由於纜車已經撞毀，拯救隊唯有步行登山。可是湊巧碰上大雪，發生了多次雪崩。他們認為黑夜上山實在太危險了，只好暫停搜索，等天亮再去。

　　當救援人員到達旅館，他們只找到一具屍體，那是哈潑的屍首。至於傑克遜、法官、克拉柏、麥納和史密斯小姐，完全找不到半點追尋的痕跡。

　　因此所有疑團全落在我頭上來，認為可能是我把他們統統殺掉！警方不斷向我問話，在弄清這件事之前，不准許我離開奧地利。

　　警方的調查對我一點好處都沒有。邀請信是由蘇黎世一間律師行寄出的，也是該律師行向旅館預訂房間。但一經查核，便發現這律師行根本不存在。所有客人的名字都是真名

實姓，而每一個人都失蹤了，但誰又能説他們就是我在旅館中碰上的那些人呢？犯人可能在他們到達旅館前，便把其中一人殺掉，然後取而代之，冒名頂替。

　　至於那個在獄中死掉的史提芬·萊恩，沒有人説得上他有孩子，也沒有人能否定。

　　警方無法證明我是無辜還是有罪，對我唯一有利的可能是，誰也編不出這麼一個令人難以置信的故事。過了三個月，奧地利政府終於發還我的護照，讓我離開。

　　我從此以後再也不會到奧地利去，也不會接受任何陌生人的邀請，甚至看到近視的女人和肥胖的警察也避之則吉。

　　　　　　完

克拉柏攀上了纜車車頂，麥納和我站在月台旁。突然，克拉柏從車頂探出頭來，向我們喊道：「只有一個插栓把纜車扣在纜索上，我得把這插栓敲脫。一旦敲脫，纜車便會溜下去。你們誰要去，現在就登車吧。」

麥納從口袋裏掏出一把手槍，那是從史密斯小姐手中拿來的。他把手槍放在月台上，說道：「我知道這是重要的『證物』，但假如你留下來，最好還是帶着它。」

我早已決定離開，如果有什麼使我遲疑的話，恐怕就是史密斯小姐那一槍。

我們進了車廂，克拉柏開始敲脫插栓。接着啪噠一聲，插栓掉落車頂，吊車開始移動了。

離開月台後，纜車會途經三座鐵塔，每座相隔幾百米。經過第三座鐵塔後下臨深谷，纜索會變得又長又陡，而且離地面很遠。這段路程是對緊急煞掣系統的真正考驗，只要闖過這一難關，我們就能安全抵達。

在到達第三個鐵塔前，纜索的坡度並不大，相信克拉柏會盡力減低車速，讓我們有機會完成路程。

　　車速逐漸增加，其實當我們離開月台時，我已覺得纜車的速度太快了。麥納似乎毫不在意。現在我們身處發生雪崩的地方上空，可以清楚看到法官的屍體，我知道麥納正在尋找史密斯小姐的蹤影。

　　我們到達第三個鐵塔時，整個車廂突然蹦跳了一下，把我們兩個人拋得跌在地板上。

　　我們開始從斜道滑下山坡，車廂仍吊在纜索上，但它開始左右亂擺！ **22**

25

　　我還有一隻手抓緊門邊，使我沒有掉下去，實際上我的頭和兩肩早已在車廂外了。一陣火花飛濺下來，打在我的臉和眼睛上，痛得我渾身發抖。我稍微放鬆了抓住車門的手，麥納似乎是看準了這個機會，給我最後一推。

　　我感到自己正在下墜，眼前仍是麥納半身探出門外，向我伸出一隻手的畫面。

　　我的身體開始在空中旋轉，先是一片藍天，接着是一片白雪，一陣藍，一陣白，在一陣旋渦般的光影之中，天地交替在眼前閃過。突然我眼前一黑，覺得最後一口氣也從身體中擠出來了。

　　我仰臉躺在又深又軟的白雪中，睜開雙眼，不斷喘氣。我可以看到藍藍的天空，卻看不見纜車，只聽到它在纜索上刮出尖銳刺耳的聲音。我爬出自己掉下時身體在雪地上壓出的洞，坐在旁邊。

　　這時我看到車廂仍掛在纜索上飛快地前進，冒起大量火花。從我這個角度看不見車門，也看不見麥納。

　　我知道那纜車走不了多遠，與纜索緊扣的吊輪由於摩擦

產生熱力，到時不是纜車鬆脫掉下去，就是纜索被拉斷。

當纜車在高大的松樹林後消失時，一切彷彿靜止了。有一秒鐘變得一片死寂，緊接而來的是車廂撞斷樹木的聲音。我望着樹林後露出來的纜索，纜車並沒有出現。假如麥納在纜車撞毀時仍待在車廂裏，恐怕已凶多吉少。

若要爬回旅館，得花上整整一小時。 **30** 若要到費斯多爾夫鎮去，也許還要三四個小時。 **23**

26

　　我孤身一人坐在休息室裏，心中默默安慰自己，咖啡壺能保持溫熱這件事看來是有一個合理的解釋，只是我暫時想不出來罷了！

　　我開始想到這些謀殺，總覺得很難相信史密斯小姐就是殺人兇手。除了傑克遜和哈潑外，我唯一信任的就只有克拉柏。因為哈潑被槍殺時，我親眼看見克拉柏在酒吧裏。但我會不會看錯呢？我是透過磨砂玻璃看見有人在酒吧裏，那人一動不動。假如不是克拉柏，又會是誰呢？我越想越覺得那很可能是傑克遜的屍體。

　　我仔細想着自己有沒有錯過了什麼，於是從最初開始回憶，當時在月台下面發現了傑克遜的屍體，他企圖在雪地上寫些什麼呢？

　　餐桌上有一張舊餐牌，我把它翻轉過來，在紙背上亂畫。

　　我設法回憶起雪地上那符號的準確樣子。我只是在麥納的大警靴踏上它之前看了一秒鐘而已，畫了好幾次才畫出個像是正確的模樣來。

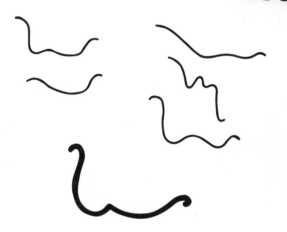

　　我坐在那裏凝視着它，試想出那是什麼字，是英文字母M或W吧？難道是指麥納的英文名字McNab？

　　當我看見這符號時，是站在傑克遜頭部附近，或許要把餐牌顛倒過來。

　　我知道它是什麼了！如果我的推斷正確，那麼我有兩個選擇：我可以握緊手中的槍，留在原位 **34** ，或是立即啟程，動身爬下山去。 **37**

27

　　我一直想着那把槍的事，突然記起麥納是把它放在月台上，不過我記不起他有沒有再把它撿起來。只有一個辦法弄清，就是回去找找看。

　　槍仍在那裏，我把它撿起來，槍裏還有五發子彈。我從沒有開過槍，更沒有用槍殺過任何人。即使只有開槍才能活命，我也不知道自己能不能擊中別人。不過口袋裏有把槍，的確讓人覺得好過些。

　　我走到壓住法官那場雪崩發生時，大家站立的地方。往下望去，他仍倒在那裏。要是旅館裏有人的話，只可能是克拉柏或史密斯小姐了。

　　想到這裏，我深感不安。如果克拉柏已回到旅館煮咖啡，那麼我回來時，估計他就在附近，能聽到我的聲音。

　　我把手插進口袋，握緊手槍，走回旅館。起初我打算大叫，看看有誰回應。但回頭一想，覺得這樣做不好。

　　看來我該再搜查一次旅館。我先從一樓的睡房開始查看，所有房間都是空的。哈潑房間地氈上那乾了的血跡，使我回想起不久前發生過的慘劇。

　　我走到樓下搜查其他房間，甚至連放掃帚的小房間也查看過，同樣是空無一人。

　　我還未檢查地下室，於是開始走向通往下層的樓梯。但我停住了腳步，開始認為自己可能想錯了，這旅館是空的！我心想：這樣做只是浪費時間罷了，儘管我仍未能解開咖啡壺滾燙之謎……事實上我並不想搜查地下室，因為放在那裏的屍體竟然能走出鎖上的房間！

　　我知道該到地下室去 **28** ，但我不去也沒有人會説我是個膽小鬼。 **26**

28

　我逐個儲物室搜查，裏面看來沒有什麼不正常。有一道門我無法打開，那就是鎖着哈潑屍體的儲物室。門仍然鎖着，我記起是由麥納負責保管鑰匙，一定是他帶在身上，而現在我已無法取得。

　地下室這一層除了那些儲物室外，還有一個室內游泳池。我認為不會有人躲藏在那裏，但要是我搜一搜，整個旅館便算搜完了。

　我把門打開，開啟一排排電燈。游泳池一目了然，正如我預料那樣空無一人。池中水平如鏡，由於所有燈都亮着，

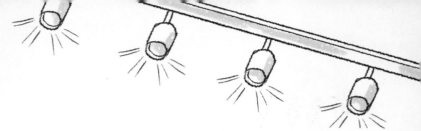

燈光在水面上反射，看上去像是一面鏡子。

我已搜遍整座建築物，始終沒有發現任何人。我開始關燈，當我即將關上最後一排燈時，回頭再望了一眼。由於大部分燈已關掉，水面不再反光，使我能看到水底一行行藍色階磚。

我還看到水中有個黑色物體，在離我最遠的地方飄浮。

我繞到游泳池那邊一看，池裏躺着一具屍體。是史密斯小姐！

我無法知道她浸在那裏多久，不過她毫無疑問已經死了。我只覺得胃部抽搐，噁心得差點嘔出來。那不僅是由於發現了另一具屍體而感到震驚，而是得知史密斯小姐原來並非兇手。

那麼是誰開槍引起雪崩？如果是史密斯小姐，殺掉她的又是誰？把她的屍體帶回旅館又是為了什麼？我不知道如何是好。

那屍體躺在水較淺的一端，我該把她從游泳池中弄上來嗎？ **36** 還是把她留在那裏不管，回到休息室去？ **34**

29

　　我本不想扣動扳機，但克拉柏看來好像要擲出刀的樣子，我別無他法。他另一隻手不斷向我打手勢，我不明白那是什麼意思，只是死盯着那把刀。

　　他的手臂已舉到背後，我知道他要擲刀了，我唯有開槍。刀在我頭頂上飛過，我聽到它落在我背後的地板上。

　　我望着克拉柏，他躺在地上動也不動。我不知道自己擊中了什麼地方，也不確定他是否還活着。

　　「他已經死了，我倒寧願是由我來射殺他。不過我該感激你救了我一命，他本可能用那把刀擊中我。」

　　說話的聲音來自我背後，我認得這把聲音。我手裏仍握着槍，但我感覺到已沒有機會使用它，只能站在那裏。

　　聲音繼續說：「有一枝來福槍對準了你背部，你可以轉過身來，不過得先把你的槍扔到地上，或者應該說是我的槍吧？它看來極像我用來殺死哈潑那一把槍。」

　　我把槍扔掉，慢慢轉身，我的猜測果然沒錯。

　　我問：「嗯？你還等什麼？」

　　「大概是好奇心作祟吧，」那人回答說，「你替我收拾

了克拉柏，使你變成最後一個受害者。真想知道，你到底有沒有猜到兇手是我。」

我沒有回答，只是看着他扣住來福槍扳機的手指。

「不過你的行動是最好的答案，不是嗎？如果你猜出兇手的真正身分，便不會向可憐的克拉柏開槍了，對吧？不要緊，猜不到也不必太難過，因為這是個十分周詳的計劃。」

他扣着扳機的手指動了，我在想還可以做些什麼——但一切已經太遲了。

完

在麥納把我推出去到撞毀之間那短短幾秒，纜車已走了一段相當長的距離。樹林離我很遠，我試着向樹林走了一小段路。

前面是一個陡坡，當我站在邊緣時，雪開始瀉下，我連忙往回跳。要是掉下去，我不死才怪呢！看來要繞一個大圈，才能到達樹林。我不知道纜車撞毀時，麥納是否還在車廂裏。他可能也跳下來了，也許就在附近某處。

我開始折返向山上爬，這是一段漫長的路。要是我擅長登山，大概很快就會走到法官躺臥的地方；或是沿着纜索走，一路尋找克拉柏。可是我連登山衣也沒有，只能走看來最易走的路線。

我猜測得大致準確，算上中途休息幾次的時間，回到山上去果然花了足足一小時。

雖然我出盡九牛二虎之力爬上山來，但仍然感到寒冷。我決定先到廚房去，煮一壺熱咖啡來喝。

廚房看上去跟我們離開時差不多，十分凌亂，吃早餐時用的碟子還放在桌上。我拿起咖啡壺準備洗淨它，但一拿起

來便急忙放下，它還燙着呢！

　　這是個電咖啡壺，但沒有插上電源。我在頭腦裏算了一下，我們吃過早餐至今已有三個小時。即使我們當中有人曾回到廚房弄熱咖啡，也是很久之前的事了。纜車撞毀至今也超過一個小時，電咖啡壺沒理由仍然滾燙！

　　旅館裏一定有人！就算麥納還活着，也不可能這麼快便回到這裏來。可能是克拉柏吧，也可能是法官，或者是史密斯小姐！我真後悔當初麥納把槍交給我時，我沒有接下來。　**27**

31

　　我在水中浸濕一條毛巾，掩住口鼻，向最近的一道門衝過去。這道門是通進機器室的，裏面充滿了氯氣，顯然有人開啟了氯化游泳池水的氣筒。通過第二道門後，我走進了走廊，這裏也有些氯氣，我咳嗽着返回樓上的接待處。

　　接待處沒有人，但當我站在樓梯口抹去因氯氣而流出來的淚水時，我看見有輕微的動靜，有人站在一根柱子後面。我從口袋掏出手槍，喊叫道：「誰在那邊？」

　　沒有人回答。

　　我向前跨上幾步，原來是克拉柏。他倚着柱子，臉上全是血。他用一隻手支撐身體，另一隻手垂在一側，手中握着一把刀。

　　我站住，凝視着他。

　　他也看到了我，從柱子旁站直身子，開始向我走過來。我看得出他舉步為艱，一邊褲管的下半截全泡着血。

　　我舉起了槍。

　　「別過來！」我警告他，「快扔掉那把刀。」

　　他停住了腳步，但沒有把刀扔掉。他想說話，嘴唇卻割

158

破了，腫得十分厲害，我聽不清他要說些什麼。

「先把刀扔掉，」我說，「還有很多時間可以慢慢說話。」

我以為他要扔掉那把刀，但他突然振作起來，把刀舉上半空。

我的手指緊扣着扳機，我開槍呢？ **29** 還是不開槍呢？ **32**

32

　　我猶豫了一下。克拉柏仍把利刀舉在半空，嘴裏一直在跟我説些什麼，還用另一隻手向我打手勢。

　　我明白了——及時明白啦！我把頭一閃，他擲出的刀呼嘯着飛過我身邊。在我背後傳來了一聲慘叫，還有一聲槍響，我立即轉過身去。

　　法官漢尼拔·貝尼斯站在樓梯底附近，捂住肩膀，他穿的紅色滑雪衣掩蓋不住噴湧而出的鮮血。一枝來福槍掉落在地上，他移動身子想再撿起它。

　　「不要動！」我喊道。

　　我手中仍握着槍，向後退了一步，這樣克拉柏和法官都在我前面。我還弄不明白到底是怎麼回事，這時克拉柏終於説話了。

　　「不是我，你這傻瓜！是他！是貝尼斯！貝尼斯是謀殺你們的兇手！」

　　「他瘋了！」貝尼斯説，「你看他！如果你想知道我從哪裏得到這枝來福槍的話，那麼我告訴你，我在爬回旅館時在雪地上找到它的。我肯定它就是那枝向我開槍，並導致雪

崩的槍。」

　　他這麼一説，剛好證實克拉柏是無辜的。當那一槍射擊時，克拉柏就站在我身旁。我仍未敢肯定法官的話，不過我有辦法弄個明白。

　　我把手槍交給克拉柏，然後走出旅館，來到看到雪崩的地方，那個穿着紅色滑雪衣的屍體仍倒在雪地上。我幾乎可以斷定那是傑克遜的屍體，而法官漢尼拔‧貝尼斯就是謀殺我們的兇手。

　　貝尼斯——或者現在我們該叫他作萊恩——被刀刺中的地方血流不止，那是我或克拉柏包紮不了的，他也明白自己需要醫療急救。現在把戲耍完了，他性命垂危，才肯把藏着電話線的地方告訴我們。不到一小時，我便跟費斯多爾夫鎮聯絡上。　**35**

33

　　我在水中浸濕一條毛巾，掩住口鼻，向我進來的那道門衝過去。

　　我猜這些氣體是從另一道門底下透進來的，有人打開了用來氯化游泳池水的氯氣筒。

　　濕毛巾沒什麼作用，既不能使我停止咳嗽，也不能阻止眼淚流出來。

　　我走到門邊，進來時明明可以輕易地把門打開，現在卻打不開了。我認為不是卡住了，而是被人在外邊鎖上！

　　這道門頗厚，而且是向內打開，看來不大可能撞開它。

　　我想起那把手槍，我曾在電影裏看過有人向門鎖開槍，把門打開。看來現在值得一試！

　　問題是該向哪處射擊呢？門邊有一塊金屬板，要是我射中了它，子彈很容易會反彈，我可不想子彈擊中自己！

　　我向後倒退了幾步，開了兩槍。但子彈都射進門裏去，碰也沒碰到門鎖。我不想用光槍裏的子彈，畢竟闖出門後還不知道會在外邊碰上誰！

　　我開始感到天旋地轉，實在不能再猶豫了，只好把所有

子彈全部射向門鎖。

　　門鎖旁的門框打碎了，我試着扭開門鎖，它終於動了，但仍打不開門。我向四周張望，看看能否找到什麼東西來撬門，可惜周圍什麼都沒有。

　　我知道這是浪費時間，我得去闖另一道門。

　　我開始沿着游泳池邊向前走，可是咳得太厲害，淚眼模糊，使我看不清該向哪裏走。我跪倒在地，心知自己永遠也到不着另一道門了。

　　　　　　完

過去我也常常在旅館的休息室等人，不過這次情況有點不同，我在等一個要來殺我的兇手。

最初的警告是我聽到外面接待處傳來了腳步聲，那不是普通的腳步聲，而是一個人拖着一條腿走路的聲音，有人慢慢地向我這裏移動。

我從口袋裏掏出手槍，悄悄地走到休息室門口。我可以看清整個接待處，但那裏卻空無一人。我看到左邊有輕微的動靜，有人站在一根柱子後面。

我喊叫道：「誰在那邊？」

沒有人回答。

我向前跨上幾步，原來是克拉柏。他倚着柱子，臉上全是血。他用一隻手支撐身體，另一隻手垂在一側，手中握着一把刀。

我站住，凝視着他。

他也看到了我，從柱子旁站直身子，開始向我走過來。我看得出他舉步為艱，一邊褲管的下半截全泡着血。

我舉起了槍。

「別過來！」我警告他，「快扔掉那把刀。」

他停住了腳步，但沒有把刀扔掉。他想說話，嘴唇卻割破了，腫得十分厲害，我聽不清他要說些什麼。

「先把刀扔掉，」我說，「還有很多時間可以慢慢說話。」

我以為他要扔掉那把刀，但他突然振作起來，把刀舉上半空。

我的手指緊扣着扳機，我開槍呢？ **29** 還是不開槍呢？ **32**

麥納還活着，他在撞車前幾秒鐘跳車了。他摔斷了一條腿，還折斷了幾根肋骨。克拉柏的小腿有一個穿透的子彈孔，身體多個地方受傷，又腫又瘀的，更有輕微的腦震盪。不過好消息是，他們兩個都會康復。

現在我們可以把這故事一點一點的拼湊出來了。

真正的法官漢尼拔·貝尼斯早已在英國被人殺害，萊恩取而代之，冒名頂替。他首先殺死傑克遜，因為傑克遜是唯一見過法官不穿黑袍、不戴假髮的人。傑克遜臨死時曾在地上劃出一隻象，想留下線索，因為舉世皆知著名的漢尼拔將軍在公元前218年，曾帶領他的大象戰隊越過阿爾卑斯山擊敗羅馬人。

史密斯小姐完全是偶然碰到萊恩槍殺哈潑，於是他把手槍塞進她的手，然後逃回自己的房間。當麥納走出來查看槍聲是怎麼回事時，他再次從房中走出來。

可憐的史密斯小姐害怕自己被控謀殺，慌忙地跑了出去。那時她再次碰上萊恩，發現他正在給傑克遜的屍體穿上紅色滑雪衣。萊恩勒死了她，將屍體放進旅館的室內游泳

池中。

　　當他滑雪下山時，已把傑克遜的屍體和一枝來福槍放在我們視線不及之處。萊恩用來福槍開了一槍，然後把傑克遜的屍體推下山。雪崩剛好把大家的注意力吸引過去，形成一種障眼法。

　　萊恩等我們在纜車旁忙成一團時，悄悄回到旅館來。

　　當纜車一開出，萊恩便開槍射擊克拉柏，這槍聲被插栓脫落的一陣亂響掩蓋住。子彈穿透克拉柏的腿，使他從車頂掉下來，頭部撞向月台，倒在月台底下不省人事。萊恩以為他死掉了，又以為麥納在纜車撞毀時斃命。

　　當克拉柏在月台底下蘇醒過來時，還記得是萊恩向他開槍的。他在廚房找到那把刀，及時趕來，制止了萊恩從後射殺我。

　　如果我開槍殺錯了人，那將會使我抱憾終身！

　　　　完

36

　　我認為有兩個充分理由必須把屍體從水中撈起來：屍體一直泡在游泳池中，看來很不體面；水中沒有任何血跡，到底史密斯小姐是怎樣死的呢？我可不相信她是失足掉進水裏淹死的。

　　我考慮能不能夠不弄濕身體，便能把屍體撈上來。於是我趴在池邊，把手伸進水中。我碰到了屍體，但難以把它拉近池邊，看來我唯有走進游泳池撈起屍體。

　　我從一個儲物室的櫃子裏找到了幾塊毛巾，然後脫掉衣服。

　　把屍體撈起來並不是一件輕鬆的事。史密斯小姐個子不算高，但全身穿着衣服，浸濕了的衣服好像成噸重似的。花了好幾分鐘，我終於把屍體拖上來了。

　　我把身體抹乾，再穿上衣服。如果沒有別的理由，我不希望離開那把槍，我需要一個口袋來放它。

　　我仔細檢查過史密斯小姐的屍體，上面沒有發現血跡，但她喉嚨四周有一些瘀紅的印。估計史密斯小姐是被人勒死後，才丟進游泳池。

　　我不斷咳嗽，從游泳池出來後我就一直咳個不停。起初以為是吞了幾口池水而引起，但我越咳越厲害。

　　我嗅到一陣在所有游泳池都能嗅到的氯氣味，氣味非常強烈，強烈到了極點！

　　我從俯身檢查屍體的地方抬頭一看，看到空氣顯得有點朦朧。我不確定那是什麼，因為我的雙眼已經流起淚來。我揉了揉眼睛，再看一看，這次我毫不懷疑了。一陣綠色的煙霧在游泳池上擴散開來，看來這地方已充滿了可怕的氯氣。我該向哪裏走呢？我可以循原路折返，但門離我很遠 **33**，這裏還有另一道門，它要近得多！ **31**

出發前，我先穿上一些保暖衣服。如果不再發生意外，而我運氣又好的話，只要艱辛地走上四五小時，就能到達費斯多爾夫鎮。我可不敢再犯穿上紅色衣服的錯誤，但這裏所有滑雪衣顏色都很閃亮。我首先選擇的是白色，後來我認為最好還是選淺藍色，看上去比較接近映照在雪地上的陰影。

我望向滑雪板，心中盤算着：過去我試過滑雪一次，可是滑得很差，步行至少不會摔斷頸吧。這時我發現了一件好東西，倒是樂意試一試。那是一部三輪的雪地自行車，但以滑雪板代替車輪。即使只能騎着它走一小段路也好，起碼可以減輕一點步行之苦。

我把那雪地自行車從旅館推出去，一直推到斜坡邊。我騎上自行車，它很容易滑動，似乎不難駕駛。當我剛開始掌握這玩意的用法時，突然有一聲槍響在我頭上呼嘯而過。我這才想到雪地自行車應該會有煞車掣，但我卻不懂得怎樣使用它！

我從槍響可以判斷子彈是從哪個方向射來。在我右邊是一個雪崩形成的大雪堆，我立即把自行車轉向那邊。如果我

能接近它，就可以暫時避過射擊。

　　斜坡比看起來陡斜得多，使自行車的速度不斷加快，也讓我成功避過第二槍。自行車快到達雪堆時，我連忙拐彎，可是速度太快，自行車一頭插進雪堆裏，把我向前拋去。

　　我被拋得暈頭轉向，但沒有受傷，幸好我已離開了兇手的視線範圍。我心中想着要把雪地自行車掘出來，還是步行逃走。這時，我看到下面不遠處有一片紅色。

　　我知道那是什麼，趕緊垂下頭，沿着斜坡向它滑過去。

　　我明知他早已死掉，但我仍把屍體翻轉過來看清楚。離開旅館時我已確定誰是兇手，但第三槍卻使我永遠不能把真相告訴別人。

　　　　　完

你內心最渴望看哪一冊 抉擇叢書 ？

假如你面前是一個裝飾華麗的金盒，
當你打開盒蓋，裏面是……

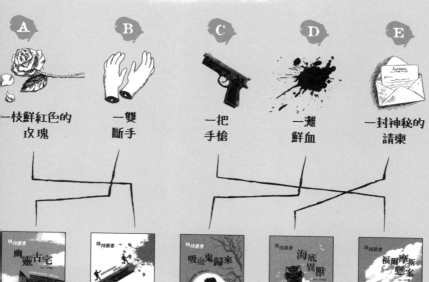

A 一枝鮮紅色的玫瑰

B 一雙斷手

C 一把手槍

D 一灘鮮血

E 一封神秘的請柬

幽靈古宅
雙斷手的詛咒

黑手黨暗殺
圈套

吸血鬼歸來
征服號太空船

海底異獸
死亡請柬

福爾摩斯懸案
古埃及王的陵墓

抉擇叢書

海底異獸

作　　者：雅倫·夏普（Allen Sharp）
譯　　者：任溶溶（《海底異獸》）
　　　　　杜漸（《死亡請柬》）
繪　　圖：Chiki
責任編輯：林沛暘
美術設計：陳雅琳
出　　版：新雅文化事業有限公司
　　　　　香港英皇道499號北角工業大廈18樓
　　　　　電話：(852) 2138 7998
　　　　　傳真：(852) 2597 4003
　　　　　網址：http://www.sunya.com.hk
　　　　　電郵：marketing@sunya.com.hk
發　　行：香港聯合書刊物流有限公司
　　　　　香港新界大埔汀麗路36號中華商務印刷大廈3字樓
　　　　　電話：(852) 2150 2100
　　　　　傳真：(852) 2407 3062
　　　　　電郵：info@suplogistics.com.hk
印　　刷：中華商務彩色印刷有限公司
　　　　　香港新界大埔汀麗路36號
版　　次：二〇一九年七月初版

版權所有·不准翻印

ISBN: 978-962-08-7298-3
Night of the Comet by ALLEN SHARP
Copyright © 1983 Cambridge University Press.
Invitation to Murder by ALLEN SHARP
Copyright © 1982 Cambridge University Press.
This edition arranged with CAMBRIDGE UNIVERSITY PRESS
through BIG APPLE AGENCY, INC., LABUAN, MALAYSIA.
Traditional Chinese Edition © 1985, 1989, 2019 Sun Ya Publications (HK) Ltd.
18/F, North Point Industrial Building, 499 King's Road, Hong Kong
Published in Hong Kong